奔騰無悔

妙子の人生行路

沈乃慧

目次

推薦序一

東吳大學哲學系副教授　林斯諺

二〇〇一年我進入花蓮師範學院就讀時，還是個懵懵懂懂的大學生。當時讀的是英語教育系，選讀了乃慧老師的課，我還記得課名是歐美小說名著選讀（或類似的課名）。在那堂課上，我們讀了很多歐美經典的中短篇小說，大部分的作品讓我印象深刻到現在，例如愛倫・坡的〈黑貓〉以及波赫士的〈小徑分岔的花園〉。老師鼓勵我們自由發言討論，我很喜歡那種氣氛，因此（印象中）都不翹老師的課，而且每堂課都充滿期待。

大學時代的我也有在從事文學創作，可能因此在文學的課堂上有比較多的想法觸發與發言動力。乃慧老師常對我的發言讚譽有加，這給了我很大能量繼續文學創作，也讓我時常與老師分享自己的創作，獲得許多鼓勵。久而久之，我就默默成為乃慧老師的小粉絲，在畢業前把她所有的課都修過一輪了，也算是一個小小的成就達成。我在大四那年終於出版第一本小說，也送了一本給老師。後來走上（業餘）小說家之路，回頭想來，乃慧老師在大學時代對我產生一定程度的影響，如今想來仍十分感念。

乃慧老師本身的學術專長是比較文學，研究與教學聚焦在小說這個類型居多。由於我自己是先以小說家的身分出道，才進入學術界，因此很好奇反過來進行的體驗會是什麼感覺，或是會產生什麼樣的小說。尤其是研究小說的人突然開始進行小說創作，會不會被理論束縛？會不會下意識寫出很多人都寫過的「模板」？或是過於學究？我在閱讀《奔騰無悔》時，並沒有這些相關感受，只感覺到這個故事是由老師自己的獨到方式編織而成，是她身為一個文學研究者，研究過無數作品之後，自己寫出的一部作品。

《奔騰無悔》正是乃慧老師的第一本小說，是她在退休之後的創作。關於故事內容與理念，小說的前言已經說得很明白，讀者在閱讀正文前務必先閱讀前言，也建議在讀畢全書後，回過頭來再看一次，對全書體會必定更加深刻，因而內心有所感動。本書透過細膩寫實的文筆，以虛構敘事為體裁，故事環繞主角妙子的一生，詳實地呈現台灣從日治時期到二十世紀末期的變化，涉及政治、文化、歷史、性別等面向，對於那些想要理解台灣歷史的人，本書是非常平易近人的一部作品。

這本小說初稿完成後，老師給予許多文學同好閱讀，收集修改意見，我也在電話中與老師進行了幾次討論，得知老師為了寫這本書，付出了許多心力。從故事內容可以看出老師學養的豐厚以及資料查證的紮實程度。創作者很多時候會對自己的角色產生情感。我想如果故事、角色可以觸動作者本人，多半也能觸動讀者。本書的主角妙子，正是作者全心投入的角色，這也可以從本書的副標題看出。

雖然在電話中老師不斷說這是她的第一本，也可能會是最後一本小說，因為寫小說實在太累，時間與體力都有限。但日本作家土屋隆夫直到九十歲都還在出版小說，所以我相信老師一定也能做到，身為老師在文學領域的學生與被啟蒙者，在此衷心期待下一本小說的誕生，也衷心推薦本書給各位讀者。

推薦序二——迷霧花園

國立中央大學法文系教授　許綺玲

相信在台灣出生長大的你我，多少有聽說過前人的經歷，家中總會流傳著一些長輩的小故事，或者讀過庶民遺老的口述歷史記載。閱讀《奔騰無悔》的一大樂趣和感動便是在小說裡欣見似曾相識的點點滴滴。

那些聽來的故事，有時忘了從何而來，有時因著人時地而衍生出差異越來越大的版本，要不，也可能隨著時光逐漸稀薄。經常，留下來的只是很簡單的事件摘要。但也有時，從那倖存的、傳說中的、或許也帶有想像的什麼小史細節中，瞥見從久遠時代傳來的一道微光，那般堅持而又不可捉摸……。然而，一旦你想認真追究，卻又發現環繞著這些舊事的是重重迷霧和謎團，猶似早已不得解。

該從何進入？方能撥雲見日？

而這部小說不正彷彿引領著我們走入了時間的迷霧花園？在微微曙光中，步步前進，直到一如韓玻（Arthur Rimbaud）的詩所宣告的，「有一朵花告訴了我它的名字」，然後，一樣、一樣的事物，逐漸明朗，逐漸有了明確的形廓，進而慢慢理清紛雜的來龍去脈。

妙子、慶太，和其他的故事人物，在作者細膩的描寫之下，一個一個以鮮明的形貌出場，一舉手、一投足，展露了他們的動機、意志、情感，我們看著他們勇敢地選擇了面對生活和命運的態度，也面對著歷史巨輪的撼動……。

縱然有諸多的似曾相識，但這部小說確實是虛構的故事，不是特定真人的實錄。這樣一部回溯過往年代的小說或許沿襲了寫實主義和自然主義的精神與風格，背景是真確實在的；時代、歷史、地理，民情風土，生活習俗，皆有所本；猶似十九世紀法國作家福樓拜（Gustave Flaubert）在寫小說的準備階段先已做足了資料搜尋的工作，讓人物活入一個具有共同記憶、且一切細節井然有序地存在於當時的社會環境中；有時在讀小說時，尚且令人想到維爾納（Jules Verne）在他的冒險小說裡為讀者娓娓道來的百科知識，只不過，《奔騰無悔》的知識展陳，總是適可而止，點到為止，滿足了真實感的效果，又不致偏離劇情主軸、導致出戲。正是這樣的功力，使得小說猶似歷史迷霧中浮現的一處繽紛花園，容我們歷經其春冬榮衰，觸發無限的感思。

精心構築起來的這個故事世界，橫跨了將近一個世紀的光陰，約莫是故事中心人物妙子活過的歲月，她和曾經相逢相處的人，其生命歷程與整個二十世紀台灣顛沛的史事息息相關。然而，歷史的印記在此並未掩蓋了個體的獨特生命，令人憐惜、佩服、讚嘆其生命故事。但歷史的作用力依然無所不在，讀者不禁會驚覺：一個人之所以斷了一條腿、會眼見家園毀於一旦、會永遠難以進入公家職場、會從熟悉的老家遷離、會遠離故鄉移居海外……，從日治時期到蔣家政權時期，這其中有種種時代壓迫下的不得已使然。

但是，這本小說並不因此而任隨宿命觀主宰人生，尤其妙子絕非十九世紀法國寫實主義或自然主義小說中被時代社會囿限的哀愁命運承受者。她所凸顯的反而是一位深知如何在傳統與現代的價值之間取得平衡的時代女性。一方面她善良而順服，另一方面又積極樂觀，在重要時刻總是知道如何為自己的前路做明智的抉擇。她本是以童養媳身分進入有錢的姑丈家，但她懷著感恩的心，接受了安排，並且在必要時全心支持她的丈夫慶太，同時也透過學習和教育完成了自我。相對的，慶太的角色則點出了男性有其不得不面對的處境，無論是傳統的或現代的社會價值觀所形成的約束曾迫使他一再地妥協、委屈，壓抑自己的志趣想望，來符合其他人的期待要求，甚至在不順遂時差點迷失了方向。妙子卻知該放手時放手，該接納時接納。至終，他們相愛相知，相互扶持到老。

透過這些既不凡又平凡的角色，應證了人人身上都有一個感人的故事。而台灣人走過這百多年的歷史，至今依舊帶著驚人的充沛活力，望向環繞吾島，始終煥然一新的晴空與大洋！

名家推薦

成大歷史系教授　陳文松

東華大學英美語文學系沈乃慧副教授不僅擅長英美文學，並且精研台灣文學。此次將其從小聽聞的人生故事，撰寫成私小說《奔騰無悔：妙子の人生行路》，妙子出生於一九一三年的府城船商，後因家中巨變，以童養媳的身份進入了府城曾家，展開其平凡又不平凡的一生，直到一九九九年曲終人盡。書中隨著妙子的人生行路，讀者可藉由筆者流暢而生動的描寫，神遊百年前的府城與日本內地各大城市，深具小說的故事性，但同時透過歷史向度的精確引導。因此，閱讀妙子所歷經台灣近百年來的巨變，讀者無須刻意爬梳，便能與妙子的人生無縫接軌，彷彿妙子這位小女子的人生行路，就是無數台灣人命運的化身，如奔騰巨流中的小水滴，看似柔弱隨波逐流，卻勇於「做一個不滿的人」，終其一生無怨無悔。值得不同世代，仔細回味與嚐鮮的一本傳記式的私小說。

東華大學英美系副教授兼系主任　楊植喬

這是一部內容極為豐富，十分耐人尋味的小說。這是一部寫實主義，或甚至自然主義的小說，但定位成歷史小說（historical fiction）更為合適。故事裡記載了從二十世紀初到世紀末的歷史脈動，包含了台灣幾乎一整個世紀的經歷與發展，以及這段時間內日本國內的變動與和台灣的互動。

除了歷史走過的痕跡，這部小說也涵蓋了文化、風俗、建築、教育、政治、語言、文學、醫學、旅遊、交通、刑罰、哲學、乃至於食物的介紹，以及在這個年代下個人與家庭，個人與社會，以及不同文化民族之間的交互影響：不論是相輔相成，還是從衝突對立到磨合，在在的顯示出人與人之間，個人與群體之間互相交流的挑戰與可貴。

故事的主角妙子或許是一個特別的女性，有著奇特的遭遇，但從另一個角度來看，在這樣的時代洪流下，她更像是一位一般平凡的台灣女子，穿越過台灣在二十世紀的種種，讓我們看到了那個時空裡人類生存的意志力和適應力與女性的堅韌精神。更重要的是，隨著故事的進展，我們彷彿和妙子從小到老歷經了一生的起起伏伏，喜怒哀樂，還有各種或順或逆的時勢；從外在環境到內心世界的變化，尤其她與其他人的互動關係，以及她對感情的收斂與抒發，深深地感動生活在二十一世紀的我們。妙子個人的成長過程，見證並代表著上一世紀的變遷，也為我們在這個世紀的發展前景提供了一個深刻的省思。

成大歷史系副教授兼系主任　蔡幸娟

作為一個歷史的研究工作者，跟循著沈乃慧老師的《奔騰無悔》看下去，一九一三年到一九九九年—甚至一九一三年以前，台灣與日本的歷史發展是那麼生動真實與深刻地呈現，這個階段的人、事、物歷歷在目、神氣活現。這是讓我們掌握這段奔騰台灣歷史發展很棒的一部「故事書」。

身為一個婦女史與性別研究的工作者更要說，沈乃慧老師的《奔騰無悔》是理解二○○○年以後台灣積極推動兩性平等和性別平等的很棒的一部「故事書」。妙子奔騰無悔的人生行路，綻露出兩性平等與性別平等的底蘊；妙子奔騰無悔的人生行路，播下了兩性平等與性別平等的種苗。順著妙子奔騰無悔的一生，二○○○年以後，台灣邁進兩性平等與性別平等開展的新里程。

作家　陳列

本書完全順著時序，不刻意炫技地娓娓述說了一個台灣尋常女子八十六歲的一生，從不由自主地被收養到最後自主從容結束生命，其中觸及了人存在的無奈與適應，哀傷與自持，浮沉與生滅。情節並不繁複，人物大致也僅限於一個家族內，然而所呈現的背景卻是台灣將近一整個二十世紀滔滔流變動盪的歷史過程，包括不同統治者的治理手段，包括相異年代的若干社會面貌，諸如制度、典章、習尚、風物、價值追求與生存狀態等等，許多描繪甚為詳實。

奔騰無悔
妙子の人生行路
沈乃慧

前言

歷史敘事永遠無法重現世界的真理與事情的真相，更不是因果關係的解讀而已。歷史敘事最重要的是表達我們理解事情的方式，我們面對世界的方向，還有我們所站立的坐標，因此不存在唯一真實的歷史論述。

任何故事敘述永遠不會成為歷史本身，或是它的某一部分，只是循著歷史事件碎裂的點和線，形塑某種方向，導引某些可能性，作為我們理解某個時代、某個事件和某個人物的依據。

這是一個關於上個世紀一個台灣南部城市的故事，關於一個女人，平凡的，也是不平凡的女人，關於一段歷史，一段很重要的台灣歷史，關於一段曾經波濤洶湧，驚濤駭浪的年代。曾經的戰爭動亂烽煙四起，政權更迭導致政治信仰的衝突，理想的懷疑與幻滅，繁華與衰敗的因果，興盛和沒落的道理，在時間的沖刷淘洗下，彷彿更為晶瑩剔透，顆粒分明。

一　最初的人生記憶

妙子六歲時首次到大姑家，那是一個初秋的午後，她站在一座巨大的木門前，木門打開後，妙子見到翠綠的樹叢和開滿絢爛繽紛花朵的花圃，妙子繞過樹叢行走在一條長長淡青色的石板路上，經過了一個由假山巨石砌成的池塘後，終於看到一座華美的三樓洋房，有一位美麗的中年女人站在門口對她招手，那是她的大姑。

妙子跟著大姑踏入挑高寬大的西式客廳，陽光從面對前院的大型格子玻璃窗斜洩進入廳中，在左邊的大面牆上留下窗櫺菱形格狀典雅的投影。此時右牆一排櫻桃木櫃裡，妙子從未見過的留聲機正低聲地播放著輕柔甜美的鋼琴獨奏曲。

大姑將她帶到坐在棕色牛皮沙發上正低頭讀日文書籍的姑丈面前，穿著白襯衫駝色西裝褲的姑丈拿下眼鏡抬起頭看著她，然後伸出手摸著她的頭和大姑相視而笑。他用日文對大姑說：「妙子長得真可愛。」

妙子不記得那時姑丈的臉，印象最深的卻是他背後在樹叢婆娑間閃爍的陽光，耀眼地讓妙子瞇起了眼睛，一切變得朦朧，像夢境一樣。

就這樣，那一天起妙子便做了大姑的養女，很久之後才知道自己其實是個童養媳，後來妙子回想起來常懷疑大姑是不是打從收養之初就是這麼打算的。

妙子六歲之前的記憶非常模糊，可以確定的是大正二年，西元一九一三年，妙子出生的那一年，妙子的阿爹和阿公都死在海上。

阿爹家據說原是個府城殷實的商家，擁有一條中型海船，在台灣和上海間從事貿易買賣，但就在妙子出生兩個月後，阿爹跑船時被其中某船員出賣，共謀海盜搶劫，阿爹和阿公就在船上被殺，不知道是不是為了安慰妙子的娘，倖存的船員告訴她，他們的屍身最後並沒有隨意被拋入海中，而是被妥善地埋骨在某一荒島上。

失去了賴以維生的船和爹，妙子家便墜入貧困，妙子的外嬤不忍女兒挨餓，就要妙子的娘帶著初生的嬰兒回到娘家，直到妙子六歲，娘和外嬤相繼病歿，妙子才為大姑收養。

阿娘是個秀氣溫柔的女人，妙子僅記得阿娘一向輕言細語，從未疾言斥責過她。但即使妙子那麼小的小孩，也知道阿娘是不快樂的，她粉色的臉龐總是淡著一層憂鬱色彩，想必待在娘家也過得不順心。

據說阿娘原來準備改嫁的，男方都已下了聘，但阿娘身體實在不好，婚事就一直拖著，最終沒有結果。

可能因為屢遭家變，長年寄人籬下，妙子自小就聰明懂事，很小就知道察言觀色。住在阿娘娘家時，大舅和二舅的兒子們都是令人討厭的傢伙，不時要抓弄嚇唬她，有時會推她，害她跌倒弄髒衣服，他們就大笑不已。後來小小的妙子學到無論遭遇多大的痛苦，都會堅忍不哭，因為她發現她愈哭愈氣，表哥們就愈高興愈開心，如果她沒有任何反應，他們反而覺得無趣失望。

妙子初到大姑家的時候，大姑家剛搬入市區一幢新蓋的三層花園洋樓不久，為了建築這間洋房，姑丈費了很多心血，花了整整三年的時間，終於像地標一樣，這幢新樓昂然矗立在一片低矮的老舊房舍中。

姑丈出生在日本領台前十四年，原住鄉間，家中擁有大塊農地和魚塭出租。姑丈自小聰明伶俐，曾入私塾認字讀書，十來歲便已主掌家中收租管理要務，後來他搬到府城後就剪了辮子，進入日本殖民政府甫設立的台南西本願寺開導學校修習日文。姑丈原想開導學校畢業後找個通譯的工作，沒想到風雲際會，之後竟然進入了創立不久的台灣銀行台南支店工作。

因為姑丈為人機警，交際手腕靈活，和、漢文均佳，工作上屢獲升遷，同時他又懂得和友人投資經營特許行業，投資事業做得有聲有色，資產翻了幾翻，另一方面他也積極捐錢買地，協助日本殖民政府推行公學校教育，在地方政治上頗有影響力。

大姑曾綁過小腳，日本統台後才開始解纏足，可惜那時大姑的腳掌趾骨早已扭曲變形，脫下纏布後經過很長一段時間才能適應新的腳型，但走路仍感吃力遲緩，終究無法像天足一樣俐落自然。

大姑有兩個及笄年華的女兒，都是天足美女，大的已經出嫁，小的剛剛訂婚，惟一的兒子慶太年紀很小，只比妙子大了兩歲，今年轉入幾乎全日人學生的台南南門尋常小學校就讀二年級。

姑丈姓曾，曾家在原鄉官田稱得上大戶人家，長大後的妙子聽過有關姑丈家的鄉野傳說，她一直不知道是不是真有其事，她從來不敢向大姑求證。故事的主角是姑丈的祖父，他原來是個從福建渡海來台的年輕羅漢腳，一文不名，專靠打零工維生。他長年寄居在某一廟內，每晚睡在羅漢腳下。因為他每天很認真地打掃廟宇，拂拭神像，有一天當他在午睡時，佛祖顯靈，將他推醒，並告訴他要趕快往東走，會有人送他東西，拿了東西就要趕緊回來，因為那是佛祖送他的禮物。

姑丈的祖父起床後立即遵從指示往東，突然見到某一富貴人家失火，很多人倉皇地從院子逃出，突然有一女子把一個沉重的大紫檀木盒塞給他，並叫了一聲少爺。

他心中非常納悶，因為他穿得襤褸，怎麼看都不會是個少爺，但想起佛祖的話，他收下木盒便趕緊回到廟中，等四下無人時，他才打開木盒，發現裡面裝著沉甸甸的金條和金飾，自此之後姑丈的祖父很快就發跡了。他娶了嬌妻，買了良田魚塭，蓋了城堡式的「祖厝」，甚至還自備槍砲雇人組團防衛盜匪，事業發展迅速有成，更在不惑之年生了姑丈的父親，順遂了所有俗世的願望。

遺憾的是姑丈的父親娶妻生子不久，竟然得病早逝。因為姑丈是祖父膝下唯一的男孫，長得聰明伶俐，自小倍受寵愛。祖父因為自己年紀老大，等姑丈十多歲時，便早早將所有財產事業交由姑丈管理。

這段有關祖父發跡的鄉野傳聞陸續有人說給妙子聽，論述大致大同小異，但也有的講的非常誇張，雖然不算惡意，姑丈聽了肯定心裡不會舒坦，可能因為如此，所以待他的祖父一死，年輕的姑丈就聘了帳房管理收租，自己搬離了鄉下老家，來到府城娶妻定居。

大姑家的洋房，嚴格說來並非是真正的西式洋房，而是當年最新潮的和洋折衷建築，巨大的樓房蓋在近五百坪的花園中間。前院造了一個假山水塘，除了巨石造景外，姑丈請人在池塘裡種植了各色蓮花。這個花園蘊藏有妙子童年最美好的回憶，當親戚朋友的小孩來訪時，他們在假山大石中爬上爬下玩抓迷藏，妙子常常躲藏在巨石縫和各種樹叢中。當妙子獨自一人時，她也不寂寞，追逐日日春上的蝴蝶或採集各色花朵，也曾撕開花瓣，像蜜蜂一樣吸吮淡淡的花蜜。

曾經有一個姑丈朋友的小孩就在追逐玩耍時，從小石橋上跌入水塘，妙子發狂地大叫，還好小孩被及時救起，只是喝了不少水，後來那小孩告訴妙子，跌進水裡時很多魚游在他的臉上。

到春天時，妙子常站在桑椹樹下，等著女傭爬上竹梯採下黑甜多汁的桑椹，到了夏天就等著蓮霧、芒果、木瓜。花園裡的大樹很多，果樹只有幾株，但全都是來自姑丈鄉下農地特選的品種，充滿甜蜜的驚奇。

樓房的後院比前院小很多，姑丈在後院圍雞圈，蓋雞舍，養了各色雞種，除了絲羽烏骨雞，台灣紅羽土雞，也有日本人引進的橫斑蘆花雞和洛島紅等品種一二十隻，另外還開闢了一小塊菜圃，立了一個絲瓜棚架。養雞種菜平常都是女傭和園丁的工作，但偶而大姑心血來潮，也會自己來做。大姑說餵雞吃剩飯很有趣味，看雞嘰嘰呱呱地叫，心裡就舒暢起來。妙子以前也陪阿娘養過雞，所以撿蛋和餵雞都難不倒她，但打掃雞舍就不是一件愉快的事；至於種菜，妙子就完全不懂了，只能在旁邊靜靜地看著女傭勞動。

曾家樓房的一樓是天花板挑高的鋼筋混凝土西洋結構，二樓以上卻是木造的日式建築，全是木頭地板，房間內舖有榻榻米，二三樓正面都有大片格子玻璃拉門，外建有陽台，其它三面外牆貼有木製雨淋板，屋頂鋪蓋著傳統的日式黑瓦。

整棟房子最讓妙子驚奇的其實是每層樓都建有嶄新的蹲式沖水馬桶，這大大開了妙子的眼界，姑丈在屋頂蓋了水塔，抽地下水上去儲用。幾年後台南水道完工，自來水開始全台南州陸續接管，曾家才改用自來水。

沖水馬桶在當時是非常創新昂貴的設備，聽說是姑丈在日本的朋友幫他從日本購入船運來的，而且他的朋友還另請了日本技師來台指導建造。姑丈對此非常自豪，認為他自己是全台極少數能夠跟上新時代的新人物。

妙子對此新設備也感到非常驚喜，馬桶變得非常容易清洗，屋內也不會有一股舊式房舍的臭味，使用馬桶變得不再是件難過的事，而且晚上不使用夜壺，省去第二天倒夜壺，清洗夜壺的麻煩。以前在舅舅家，阿娘常常生病，她有記憶以來，倒夜壺，洗夜壺都是她一早起床要做的事。

大姑夫婦的房間、餐廳和廚房都在二樓，三個小孩的房間在三樓。妙子沒有取代大姊搬進大房間和二姊同住，而是住進旁邊較小的空客房，清洗三樓的馬桶間和澡房間的工作立刻變成妙子每天的任務，但妙子一點也不以為苦，反而非常喜歡這個新工作。每天清晨當所有人都還沉浸在夢境中，她早早就起床把馬桶和浴室洗刷得光亮，讓空氣中流動著一種清新肥皂的氣味。

曾家洋房一樓有著仿石砌的洗石子基座，上方的水泥外牆上貼有淡青和咖啡的混色瓷磚，另有列柱、角窗裝飾，十分洋風。房子正中央是雕花鑲嵌玻璃的巨大雙扇木門，初到的客人都會被樓房雄偉外觀的豪門氣勢所震撼。

大門開門進去後是個玄關，面對上樓的樓梯。玄關右邊才是挑高的客廳，客廳分前後兩部分，中間由一台平台鋼琴隔開，前面的是西式客廳，內有的皮革沙發和低矮的原木咖啡桌，一面牆靠著一排高低櫃，另一面牆則掛有幾幅風景和花鳥油量，正面是格形大窗，面對前院，配有及地的厚重緹花布窗簾。鋼琴後面的部分則是較小的純中式客廳，紅木高腳桌椅，供有祖先牌位。

玄關樓梯後面有一個後門，打開後會發現原來洋樓後還連著數間房間面向後院，其中一間是衛浴，仍有新式沖水馬桶，一間是男園丁的住房，另外最大的一間是外部上鎖的儲藏室。

而玄關的左側則有廁所、小儲物間和姑丈的書房。書房裡除了幾個西洋書櫃和一個大書桌外，還有一張容兩人躺下的鴉片木床，姑丈偶而會和朋友在床上一起吸鴉片，那時屋內會瀰漫著濃郁的焦甜香氣，妙子一輩子都忘不了，很多年後，妙子才知道鴉片的危害和它曾經在歷史上無法抹滅的重要角色和意義。後來有一天在東京雪茄的販賣店裡，妙子彷彿再次聞到它的味道，憶起了兒時姑丈書房裡裊裊迷濛的香味，在異國冷冽的季節裡對溫暖的故鄉有著無限的懷念。

二　二姊的文明婚禮

轉眼妙子來到大姑家已經過了兩個多月了，夜裡月光下矇曨的花園，空氣中漫著桂花濃郁香氣，一陣陣撲鼻而來，終於淹沒了整棟樓房。妙子躺在榻榻米上，桂花的香味每每讓她想到阿娘，她想像自己和阿娘被美麗的花朵包圍，想念之餘不禁垂淚溼枕，妙子每每在淚水中睡著。妙子往後的人生中，這樣的夜景和香味總是不時出現在她的夢中。

過年前二姊就要出嫁了，自妙子搬進來後，二姊除了偶而在一樓彈彈鋼琴，進廚房和女傭烹煮餐食外，平常就在房裡看書縫紉刺繡，準備嫁妝。二姊的繡工非常厲害，鮮艷色澤的花鳥，栩栩如生，看得妙子愛不釋手。新郎是姑丈好友的兒子，兩人自小就認識，算是有點自由戀愛的味道，兩人結婚後，準備一起去日本留學。

關於婚禮的儀式細節，姑丈和二姊爭論了很久，因為二姊自從唸了新樓長老教女學校後就受洗成為基督徒，碰巧新郎一家也都是基督教徒，所以他們想採取純基督教婚禮，但姑丈反對。二姊堅持要穿西式的白紗禮服，而不是大姊結婚時所穿的鳳冠紅色大衿衫。原來一九一五年，畢業於台灣總督府醫學校的台南名人翁俊明，在台南文廟舉行新式婚禮，他的新娘便穿了一襲純白西式婚紗，開風氣之先。自此之後，白色婚紗便成了城中新式少女的夢想。

原本姑丈對新娘婚禮上著白衣是很有意見的，但後來他發現日本新娘也是穿白色的「白無垢」（しろむく），他才妥協了。不過他建議二姊穿日式白無垢禮服，也要新郎穿和服，似乎也沒有得到贊同。

因為當時日本殖民政府及台人的風俗改良團體都主張文明結婚，即新舊禮俗摻雜，減少舖張豪奢。就這樣二姊的婚禮服飾儀式一直無法決定，直到婚禮前一個月姑丈才同意了最終的妥協方案：新郎新娘穿西服白紗，舊式的迎娶儀式依然保留，但不僱請樂隊沿街吹奏，僅途中偶放鞭炮，聘禮嫁妝也不上車沿途展示，迎娶新娘後並不直接到男方家，而是先到教會舉行基督教儀式，之後才回男方家，傳統的男方婚禮宴客依照習俗晚餐舉行，三天後仍有女方歸寧宴。

至於迎娶的交通工具，曾家早在大姊婚禮時就放棄了傳統的花轎，改用三輪車迎娶，這次姑丈決定使用最新潮的自動車（汽車）。雖然早在一九一三年，妙子出生那一年，台南已出現了現代汽車，那是時任台南區長的前清貢生張文選從東京購入的兩部歐洲汽車，一部二十人座的巴士，另一部是六人座的私用轎車，之後陸續還有一些機構和富家購入汽車，但幾年來汽車在台南，甚至整個台灣仍是非常稀有昂貴的交通工具。因為張先生是姑丈西本願寺開導學校的同窗，為了數字吉利這次姑丈動用人情關係，特別向張先生及其它朋友總共商借了六部六人座的T型福特轎車並附帶司機作為婚禮迎娶之用，主要載送新人外，也載伴娶（伴郎）和伴嫁（伴娘）、媒婆等等，所以不是每個人都有機會坐上車，妙子因為擔任婚禮花僮，也獲得了生平第一次坐自動車的機會。

為了二姊的婚禮，姑丈為每個人都做了新裝，雖然妙子已經快七歲了，當花僮好像稍嫌大了些，但妙子因體態嬌小，長相可愛，大姑仍堅持要她當婚禮花僮。所以有一天大姑帶著她和另一個花僮女孩一起到洋服店量尺寸，訂做花僮禮服。那是她人生第一件新衣，粉紅色洋裝綴有絲質緞帶花邊，非常精緻美麗。

後來被大姑的結拜姊妹雪姨看到，直呼可惜。她說小孩長得快，那麼好的質料，怕很快就穿不下了。雪姨說得不錯，到第二年冬天，妙子一下子長高了許多，禮服就穿不下，可是她一直捨不得將禮服送人，她謹慎地收著，曾經想像著留給自己將來的女兒穿，遺憾的是這件禮服等不及妙子的女兒出生，最終在二次大戰時台南大空襲中燒毀。

婚禮前一天下午大姊和大姊夫帶著剛滿十個月的兒子回來了，女傭殺雞蒸魚煮蟹，晚上在家熱鬧地吃姊妹桌，曾家原來有幾個買來的丫頭，最小的兩位已伴陪大姊出嫁到大姊夫家，其餘的均已老大，姑丈還出資辦嫁妝讓她們一個一個出嫁。因為二姊不要丫頭陪嫁，大姑也覺得養丫頭麻煩，最終還是出嫁走人，就不再買丫頭，現在大姑就僱用了兩個女傭，一個每天早上很早就來作早餐，洗衣打掃，處理午餐，下午回家，另一個下午來買菜煮晚餐，整理屋子並洗好餐具才走。

這次大姊陪嫁過去的丫頭沒跟著回來，大姑家的女傭也很忙，所以妙子就幫大姊抱了一個晚上的小孩，還學會了幫小孩換尿布。

第二天一早家裡就鬧哄哄的，妙子在人聲中驚醒，原來大家都起床了。二姊早醒了，正在浴室梳洗沐浴。女傭老早就來了先燒了熱水，接下來趕緊忙著作飯泡茶。大家陸續吃完早餐後，二姊就急著梳妝換衣，也催促妙子趕緊換上禮服。

穿好衣服不久，親戚朋友就陸續到來，第一個到的是妙子從未謀面的屘姑，她帶著三個跟妙子差不多年紀的小孩來了，妙子自小就聽說爸爸有一個妹妹嫁到台中州。屘姑說她們今天大清早天未亮就趕火車過來，屘姑丈和另外兩個大一點的小孩要等三天後歸寧宴時才會一起來。後來姑丈的大姊、二姊和兩個妹妹還有他們丈夫小孩也到了，還有妙子的大伯、大姆、二伯、二姆都來了，他們住在麻豆老家，據說小時候她都見過，只是妙子現在一點印象都沒有。最後來的是另一位花僮女孩和二姊的朋友們，包括了六位伴嫁，大家都穿洋服，還是素靜女學生模樣。

不久新郎的車隊就來迎娶，前導的不是樂隊吹奏，而是新郎的弟弟，他站在曾家大門口演奏小提琴，非常新奇，幾乎整條街的鄰居都擠在大姑家門口看熱鬧。接著新郎捧著花和兩位花僮男孩下車進屋。妙子便和三位花僮在西式客廳等著新郎新娘在中式廳禮拜祖先牌位，不久新郎牽著新娘出門了，他們坐上了第二部車，這部車和其他車不同，上上下下都繫有紅布花球，妙子也跟著上車坐在新娘身邊，而大姑、姑丈、慶太、大姊一家及其它的親戚遵守古禮，僅在家門送別，並沒有打算參加教會婚禮儀式。

到了教堂，妙子和二姊先到了一個小房間休息，不久教堂鋼琴聲揚起，典禮就開始了，妙子和另外三個花僮踏上紅毯，走在新娘的前面，一個花僮男孩牽著妙子的手，妙子覺得很緊張，因為所有的賓客都看著他們，還聽到很多人說：「好可愛。」新郎新娘站定位置，四個花僮就被帶到第二排的位置坐定，接下來牧師用台語佈道，引用許多聖經中的故事，講了很久，妙子大多都聽不懂，覺得無聊到快睡著了，直到唱詩班唱聖歌時，她才又有了精神。

教會婚禮儀式終於結束了，新郎新娘就要坐原車回新郎家，妙子上車前突然看到大姊、大姊夫、屘姑和慶太都到了，他們過來跟她打招呼，屘姑告訴妙子說：「我們都沒看過教堂婚禮，很好奇想過來看看。」接著又說：「你姑丈太堅持古禮了，讓明美自己一個人來也太孤單了，想說娘家都沒人參加不太好，所以我們就坐三輪車來了。教堂婚禮還真有趣味。」

妙子上車後跟二姊說她看到大姊、大姊夫、慶太和屘姑了，二姊有點激動，眼眶泛紅。

然後妙子跟著二姊到二姊夫家，妙子隨二姊下了車進入新郎家客廳，坐了不久新郎就送給妙子一個紅包，然後車子就把她和另一個花僮女孩送回大姑家。這時妙子突然有點難過，二姊出嫁了，以後就不容易聽到二姊彈琴了。二姊雖然平常和妙子互動不多，但一直很溫柔友善，不像慶太常常像對傭人般使喚她。

二姊夫家其實不遠，車子很快就把妙子送回大姑家。妙子發現家裡變得非常熱鬧，屘姑的兩個小孩睡在她的房間裡。大姑叫她整理自己的衣物，搬到大姊、二姊原來的房間，她的房間讓給屘姑一家人，妙子這幾天要和大姊一家睡一起。妙子非常疲憊，只吃了碗炒米粉，就在嬰兒身邊一起睡著了。

妙子醒來時已經要吃晚餐了，園丁從儲物間搬進一個很大的圓桌桌面和桌腳，就在二樓餐廳原來餐桌旁另架起了一個更大的圓桌，但人實在太多，兩個餐桌還是坐不下，只能輪流吃飯。吃完飯，大伯、二伯和姑丈的大姊、妹妹們和家人都早早告辭各自回家去了，大姊夫也坐夜車回鹿港。曾家洋樓到了夜裡依然喧鬧明亮，姑丈的二姊一家人就在一樓書房的木頭地板上鋪棉被打地鋪，他們打算留到吃完歸寧宴。

後來的幾天家裡非常熱鬧擁擠，女傭們忙碌不堪，姑丈只好另找了兩個師傅來幫忙烹煮餐食，女傭們光洗衣就洗不完，晾衣竿上永遠有滿滿的衣服，收完一批衣服後，又有新的一批繼續晾，後來只好在前院架起兩枝新的晾衣竹竿應急使用。

因為大姊嫌女傭衣服洗不乾淨，所以妙子就負責她自己和大姊一家的衣物清洗，包括嬰兒的尿布。大姊說她的丫頭只比妙子的年紀大一兩歲，也跟妙子一樣很會洗衣打掃，這次婆婆不讓她的丫頭跟她回家，是因為婆家現在全靠那兩個丫頭打掃煮飯，處理家事。

當天夜裡妙子從夢中醒來，發現大姑也在房間裡和大姊竊竊私語，而且大姊正在啜泣，妙子嚇到不敢起身上廁所。她在被子裡裝睡，聽到大姊一直抱怨婆家，尤其是擔家（婆婆）既小氣又刻薄，大姊生了小孩後一直沒有得到好好的休息，吃得很不好，因為婆家的女人只能吃第二輪，只能吃男人吃剩的菜，她每天還要和妯娌輪流幫忙顧店，日子苦到快過不下去了。

最近大嫂的首飾失竊，妯娌之間互相猜忌，擔家雖然沒有明說，但大姊覺得她似乎懷疑是大姊偷的，非常不悅。大姊夫又非常軟弱，一點也不敢忤逆他娘。大姊嚶嚶地哭著，大姑也陪著她掉淚。一向非常精明幹練的大姑，這時也束手無策，她直怪姑丈當時沒打聽清楚，聽信媒人的話，結了這樣的親家，還把大姊嫁到那麼遠的地方，回娘家這麼不方便，被人家欺負，娘家都插不上手。妙子聽著，沒有了尿意，迷迷糊糊又睡著了。第二天醒來，大姊看起來毫無異狀，她有點疑惑半夜那一幕難道只是個夢境？

妙子這幾天過得很開心，因為親戚小孩來得很多，一下子就混熟了，大家玩了很多不同的遊戲，非常快樂。唯一發生的意外是後院雞園的門栓竟被人惡作劇地打開，二十幾隻雞在曾園到處遊蕩，屘姑五歲大的小兒子被嚇到趴跌在地上大哭，竟然被雞跳到背上踩踏，大孩子們見狀一邊趕雞一邊在旁大笑，樂不可支。後來經過所有人的努力，每隻逃跑的雞最後都被趕回圍籬內，終於結束這一場慌亂。

雖然妙子常常要幫大姊帶孩子，她還能邊玩邊帶，輪到她跳房子的時候，就把小孩交給其他大孩子抱，嬰兒也因為好奇，睜著大眼睛看著大家，不哭不鬧，非常好帶。無論如何，因為喜事，大人對小孩非常寬容，沒有課表和功課，成天玩樂，零食也不吝嗇，幾乎是無限制供給，妙子從沒這麼快樂過，比過年還快樂。

為了讓遠道的親友可及早返家，歸寧宴辦得很早，天光還亮，辦桌師傅就開始出菜，場地就在曾家花園裡面，前院後院擺滿了酒席，曾家洋房的二樓餐廳也擺了兩桌筵席，給自家的親屬小孩用餐。

天氣很好，不冷，也沒下雨，天氣一直是姑丈最擔心的事，直到前一天才確定筵席可以在家辦成。菜色可口精緻，賓客讚不絕口，一切非常圓滿。

妙子就在二樓的餐廳用餐，偶而也和其他小朋友到陽台上走動，他們倚著欄杆居高臨下俯瞰前院，觀察所有人的動態。妙子看到賓客中有不少穿著西裝的男人和和服的女人，可能都是姑丈的同事長官，附近的鄰居也都來了，很多人對曾園好奇許久，想藉機進來一看究竟。

不過二樓的菜上得很慢，最後慶太和大伯二伯的兒子們等得受不了，就自己下去端菜上來，妙子吃得非常滿意，她覺得這一餐是她這一生中吃過最豐盛的一餐了。最後二姊和二姊夫上來向他們敬酒。二姊今天改穿正紅的大衿衫和馬面裙，雖然仍嬌羞靦腆，但藏不住滿面春風，愉快的心情，二姊夫還是深色西裝，不過看起來更帥了。

終於筵席結束，二姊也回夫家了，客人都走了，辦桌的桌椅迅速地被工人搬走，辦桌師傅把菜尾再熱過一遍留給女傭，然後他們洗淨器具也離開了。

對於當晚的筵席和賓客，姑丈都非常滿意，顯得志得意滿。當一切結束後，姑丈自己一人在書房抽起鴉片煙，這是非常少見的情況，因為鴉片煙昂貴，姑丈一般只有在招待重要客人時才會抽鴉片，很少自己一個人抽。

家裡的客人只剩大姊一家，大姊夫是傍晚筵席開始前才到的，他們打算明天一早就回鹿港。

妙子回到自己的房間，面對熱鬧後的空虛第一次有了深刻的感受，人生沒有不散的筵席啊！帶著一種莫名的落寞，妙子很早就入了夢鄉。

妙子在半夜裡被激烈的爭吵聲驚醒，她起床後發現除了慶太外全家正聚在一樓客廳，妙子躲在樓梯上偷看，發現慶太其實早躲在陰影裡，慶太向她比個噓聲的手勢。大姊夫正狂罵髒話，大姊哭得很傷心，嬰兒也被嚇得大哭，姑丈溫和地向兩人勸說，大姑則氣得滿臉通紅坐在沙發上不說話。妙子想起前天夜裡的夢境，原來一切都是真的。

他們看了一陣子，大家仍僵在那裡，情勢沒什麼進展，慶太倦了就回房睡覺了，妙子也覺得無聊，也回房入睡。第二天早上起床後妙子發現大姊夫一早就自己回鹿港了，留下大姊和嬰兒在家裡。後來大姊又住了兩個星期後，才由她的小姑和小叔來台南接她回鹿港。這次回去後直到整整一年後的大年初二大姊才帶嬰兒回娘家，但是大姊夫並沒有一起回來。

三　公學校的無憂歲月

姑丈是當年極少數重視女子教育的家長，妙子到了大姑家，沒能趕上當年的入學時辰，便先在姑丈朋友的私塾讀了七個月的漢文，之後妙子並沒有就讀於兩位姊姊的母校，台灣女子首學，創立於一八八七年的台南新樓長老教女學校（即後來長榮女中的前身）。妙子到了學齡時，日本殖民地政府已設立女學校，而且就位在大姑新家不遠，於是妙子就在翌年四月進入當年台南唯一的女子公學校，即後來成功國小的前身。

妙子的漢文私塾上課非常呆板，每天跟著先生唱三字經，寫毛筆字，對一般小孩而言，這樣的課程非常枯燥乏味，但妙子卻過得異常充實快樂。

私塾的同學中每天準時出席的僅有六人，都是女生，妙子是其中年紀最小的，還有三個大約十歲左右的女孩，另外兩人則是已成年的婦女，她們都對妙子非常友善，常會帶自己做的吃食請妙子共享。認字對妙子一點都不難，妙子的阿娘上過私塾，也曾教過妙子認字，所以很快不到兩個月，妙子就將《三字經》唸完了，《百家姓》也只花了一個多月就全記得，後來先生就個別教授她《唐詩》，雖然對一個六七歲的小孩，有些詩的意境和情感是不容易理解的，但妙子即使似懂非懂，也讀得津津有味。

過年後的四月，妙子結束了私塾的漢文學習，女子公學校就開學了，日本政府辦的學校課程非常多樣而且西化，課程除了國語、算術、國史、地理、理科外，一年級的妙子還要上體操、圖畫和唱歌的體能藝術課程。妙子非常喜歡新的學校生活，每一門課程她都覺得新鮮有趣。雖然唸的是台灣人的公學校，但所有的課程還是主要以日文授課。雖然來大姑家之前妙子完全不會講日文，但大姑家是國語家庭，家中除了大姑還和妙子說台語外，其它人幾乎全天使用日文，因此妙子的日文進步很快，學校的功課很快就都趕上了。

妙子很珍惜上學的機會，她知道她很幸運，如果不是大姑收養她，她不可能有機會上學，因為當時很多小孩都在失學文盲的狀態，尤其是女孩。妙子非常認真學習，功課很好，每學期幾乎都是名列前茅。

雖然時序已經進入大正年代，女權意識已經悄悄在各地發芽，但是官方的思想仍然非常守舊，女子公學校仍以培育賢妻良母作為教育目標，所以到了四年級以後，妙子要學習裁縫、刺繡、烹飪等各種手藝及家事課程，學校也會在定期舉辦的「學藝會」中展出學童的優秀作品。妙子手巧心細，每每有佳作展出。

公學校教導了妙子很多有用的課程，對她往後的人生幫助很大，但是妙子長大後對公學校最思念而感受深刻的課程竟是「修身課」，課內所受教的德目也成為她一生奉行的行為規範。成人後的妙子當然知道日本殖民政府別有用心，「修身課」的目標是建立台灣人的「日本精神」，也就是教導台灣學童愛國、勤勉、誠實、孝順、守時、禮儀、規律、清潔、公德心等道德規範及日本文化，使台灣人能成為「優越的日本人」。

但是當戰後出生的女兒千夏曾有一次半開玩笑地說妙子是受奴化教育的「日本奴」時，妙子內心是很受傷的。其實經過戰後的政治紛亂，以致於後來妙子絕少提及幼時的學校回憶，甚至連日文都很少講。

妙子公學校的日籍老師大多來自日本九州，她的一年級導師石井先生，非常熱心認真，國語科的教學很精確徹底，「修身課」更是身體力行所有的道德規範，平常還自己做飯糰等和食，帶給班上貧困的學生吃。妙子初上學時日語講得不標準，石井老師因為知道妙子好學，放學後特地留下她個別輔導。到了下學期的「學藝會」，妙子已經可以代表班上朗讀「教育敕語」。

學校每年都有學藝會和運動會，姑丈和大姑都會以妙子家長的身份參加，一年級的妙子班上參加戲劇表演，上演的是日本童話《浦島太郎》的故事，妙子上台扮演一隻比目魚，她穿了道具服，和章魚、蝦子等等一起跳舞，最後還全體合唱，非常可愛。妙子也參加運動會的賽跑和兩人三腳項目，因為常常練習，她的身體愈來愈強壯健康。

妙子到了中高年級時，每逢典禮，學校會反覆教唱昭憲皇太后御歌〈金鋼石〉和貞明皇后的御歌〈花すみれ〉，其中妙子最喜歡的是〈金鋼石〉，歌詞是這樣寫的：

金剛石，若不琢磨
朱玉光芒難有
人亦經歷學習之後
真實德性始可觀
鐘面雙針無休止
不停輟運行中
若能惜時苦勵

有何事業不完竣[1]

金剛石就是鑽石，妙子並不陌生，她見過大姑手戴鑽石戒指，二姊的教會婚禮上新郎給二姊戴的也是鑽戒。這首歌說的是鑽石晶瑩閃爍的絢爛光芒是需經過千錘百鍊才能成就的，這讓妙子很感動，老師說只要努力不輟地修身求知，豐富成長自己，每個人都有機會成為美麗的寶石。這樣的譬喻深深地撼動了妙子，讓她相信她會是顆金鋼石，經過艱辛的錘煉後，終會閃爍曜眼炫目的光彩，她對自己的未來充滿了希望。

慶太是家裡最受關注寵愛的少爺，他身材高大，一向不大搭理小小的妙子，據說大姑生他之前流掉好幾個小孩，如果沒有生下他，姑丈勢必納小星以傳宗接代，所以他的出生帶給大姑非常大的寬慰。他對妙子一向漠視，甚至是敵視的，因為妙子初來時不會講日語，穿著姊姊們嫌大不合身的舊衣，非常土氣，而且多少分掉父母對他的關心，慶太並不是很開心的。妙子敏銳地感受到慶太不友善的態度，她有點怕他，平常儘可能迴

1　劉添根譯，見《多桑的櫻花》，平野久美子著，出版社：繆思，頁八，出版日期：二〇〇八年。

避他，不想招惹他。有時女傭不在或是正忙的時候，慶太就會使喚她做女傭的工作，妙子很緊張，因為只要手腳慢一點，慶太就會斥責她。

慶太轉入小學校，一開始就很不能適應，因為小學校幾乎全是日本小孩，慶太的國語程度和同學們差了一大截，小學校各科的課程內容又比公學校難很多，慶太唸得很吃力。姑丈特別請了學校的日籍導師恩田老師到家為慶太補習。恩田老師很嚴厲，一星期中有三天，下午學校放學後，恩田老師就帶慶太回家，他們在一樓姑丈的書房，吃過點心後，就開始複習功課一直上到晚上七點半，甚至有時快八點才下課。於是全家晚餐開得很晚，要等慶太補習結束，恩田老師走了，大家才能一齊吃晚飯，因為女傭早回家了，所以妙子就多了洗晚餐餐具的工作。

有一天沒有恩田老師的補習課，慶太紅著臉憤怒地自己一人從學校回到家，見到大姑就哭著說：「他們叫我清國奴！」又說：「不要給我帶豬尾巴便當，給我梅子便當就可以了。」

大姑有點摸不著頭緒說：「我們沒有買過豬尾巴，我們只有滷蛋、滷肉、香腸，怎麼會有豬尾巴呢？」

慶太繼續哭著說：「可是他們說那是豬尾巴。我不要滷蛋滷肉香腸。」

大姑說：「那你要什麼？梅子便當裡只有一顆梅子，太沒有營養了吧！」

慶太還是一直哭。姑丈回家後，覺得事態嚴重，當晚就帶著慶太到恩田老師家。後來恩田老師似乎處理得很好，此後慶太的同學沒有人再霸凌他，慶太的小學校生活又恢復了平靜。只是妙子發現便當的菜色變了，當然他們並沒有吃象徵日本國旗的梅子便當，新便當除了有梅子外，還有鹽漬魚卵、煎蛋、沙丁魚乾和海苔卷等，以往女傭每天一早特地為他們帶便當而做的煎虱目魚肚也少見了，取代的是烤鯖魚和新菜蒸鱈魚，而妙子最愛的滷蛋香腸更是從此不再出現。

慶太在恩田老師的教導下，功課終於跟上了，恩田老師認為慶太目前不需要課後補習，三年級下學期就不再來了，家裡恢復了正常的步調。姑丈對慶太的表現非常滿意，開始對慶太的未來作了規劃，希望他能像二姊夫一樣，唸完小學校後，考入南一中或二中，再考入台北高等學校，然後到日本任何一間帝國大學學醫或是到東京大學唸法律也可以。因為南一中或南二中都不好考，慶太的功課一直被姑丈緊盯不放。

慶太上了四年級後開始學劍道和野球（棒球）。他的野球打得不錯，很快就獲選參加學校的代表隊。為了練球每天清晨天微亮就出門到校晨訓，下午放學後也必須留校練球，甚至連假日都整天到校練習。因為慶太過於熱衷於野球隊的練習，大姑和姑丈有些擔憂打球會不會影響慶太的學校課業，因為再過兩年，慶太就要參加中等學校的入學考試了，為此姑丈還特別去拜訪了恩田老師。

恩田老師卻認為體育發展是國家重大政策，既然慶太有打野球的天份，又有幸被選為校隊，當然要全力以赴，為學校爭取榮譽，至於受到影響的學校課業，自己要更努力用功才是，而且今年畢業的野球隊員，八成以上都考進了南一中，慶太沒有什麼理由退出球隊的。

慶太真的很愛打野球，更重要的是他在野球隊中交到好幾個意氣相投的好朋友，日本小孩熱忱地接受他為團隊的一員，他變得更快樂更有自信，至於學校課業，他其實沒有很在乎。

野球比賽季開始了，慶太有好幾個星期去外州比賽而不回家。大姑和姑丈對慶太長期不在家很不適應，尤其是大姑，因為思念愛子而顯得落寞，鬱鬱寡歡。不久慶太終於回家了，而且他們的球隊星期天就要在台南公園遭遇橋頭國小，於是姑丈決定全家一起去球場看球給慶太加油。

比賽那天是一個涼爽明亮的秋天，就像去遠足一樣，全家人都很興奮，很早就起床吃早餐，慶太也早早去學校練球。然後大家開始梳粧打扮，姑丈穿上白色襯衫、米色長褲和西裝外套，戴上麥桿帽。大姑換上新做的淺藍長袖緞花洋裝禮服，頭上戴上一頂綴有緞帶花飾英國製的藍色女性大禮帽，非常好看，而她那雙放不大的小腳穿上長統毛襪和皮鞋偽裝成天足，只是走路還是搖晃，只能緩步慢行。妙子則穿上姊姊們留給她的印有紅楓的精緻和服，和新買的夾腳日本拖鞋和白襪，一家人打扮地像要去看歌劇一樣。

不久他們就坐在野球場地觀眾席上，因為今天參賽的兩隊都是小學校，所以觀眾席上的家長幾乎全是日本人。姑丈很慶幸全家盛裝打扮，因為日本人即使看球賽也都穿得極為正式。姑丈遇見了好幾位認識的朋友，交談了幾句，球賽就開始了。

姑丈顯然作了不少功課，一邊看球賽，一邊向他們解釋比賽規則，很快地妙子就看懂了球賽，並懂得為球員精彩的表現喝采。野球隊每個球員都長得很高大，四年級的慶太相較之下算是矮小的，他今天打得不太順利，不過最後也擊出一支犧牲打，送隊友回來得分，算是小有貢獻。最後慶太的校隊逆轉勝利，姑丈和大姑都為此興奮不已。為了慶功，晚上姑丈還帶全家人到西市場的沙卡里巴吃炒鱔魚、米糕和魚丸湯，這種愉快的心情一直延續了好幾天。尤其是姑丈，他感覺好驕傲，他的兒子終於和日本人平起平坐，毫不遜色，成為大和民族驕傲的一員。

四　散落如煙塵的童年往事

雖然大姑家有女傭，但大姑認為女孩子無論如何都要懂得做家事。大姑家房子很大，除了一樓客廳外，每層樓不是原木地板就是榻榻米床，所以除了三樓衛浴的清潔外、擦拭木地板和榻榻米床的工作也是小小的妙子最早的工作。她每天放學回家，第一件事就是把一樓姑丈書房的地板和三樓她自己和姊姊們空房的榻榻米床擦好，後來年紀漸大，可做的家事便愈來愈多。大姑脾氣不好，女傭常常換人，有時是女傭被罵到待不下，自己走了，但更多的時候是大姑不滿意，把女傭給辭退了，沒有女傭的時候，洗衣燒飯的工作就全落在妙子身上。妙子勤奮聽話，任勞任怨，超齡的懂事，她知道能住到大姑家是她的幸運。

大姑雖然脾氣不好，但是很少打她，不像小時候在舅舅家，常被大妗和二妗莫名奇妙地打罵。而姑丈溫和理性，雖然位高權重，穩健威嚴，可是很有俠風，從來不打女人，也很少打罵小孩，據說慶太小時候常常被姑丈罰站或打手心，但自從妙子住進來後，妙子只看過姑丈有幾次對慶太大聲斥罵或是罰站，沒見過慶太被嚴格體罰，對乖巧的妙子，姑丈更是一向和顏悅色。

妙子不敢想像如果大姑沒有收留她，阿娘死後，她留在大舅二舅家會有什麼下場？她的表哥們曾經揚言長大後要把她賣到「暗間」，她當時並不了解到底是什麼地方，只覺得恐怖，後背發冷。有一次陪大姑走了很遠的路到永樂市場附近去拜訪雪姨，途經大西門一帶，曾經過一條很多「貸座敷」（妓院）的路。看到許多穿著鮮艷色澤和服，臉上塗著白粉的女人站在戶外聊天嬉笑，大姑叫她快走不要看，妙子還是忍不住頻頻回頭看著他們，她心裡一陣陣涼意，模模糊糊地知道那就是她的表哥們之前揚言要把她賣掉的地方。

大姑的結拜姊妹，除了雪姨外，還有秋子姨和幸惠姨。雪姨年紀最大，比大姑大了三歲。她的小腳也最經典，拇指以外的四根腳趾頭已全遭扭曲骨斷，凹陷深入腳掌，日本政府的放腳令對她已毫無意義，她至今還是只能穿著手縫的金蓮鞋，每次坐自家三輪車到大姑家，她自己無法下車，必須由車伕抱她下來。因為曾園前院太大，需要走很久，雪姨常叫三輪車停在後門，然後自己經過後院慢慢踱步進來。

秋子姨和幸惠姨年紀就小很多，一個小大姑五歲，一個小八歲，兩人都沒受到綁腳的痛苦，她們四人幾乎每週三都會在大姑家二樓餐廳一起打四色紙牌。

她們通常在午餐前到，雪姨喜歡帶「萬川號」的肉包、水晶餃和黑糖椪餅，秋子姨會帶她家附近上帝廟「再發號」的肉粽，或是大菜市的「阿城米糕」，幸惠姨就帶日本糕餅或是和菓子來。大姑會請女傭先蒸一籠芋粿或是炒一鍋米粉，煮蘿蔔湯或是虱目魚湯，和蓮子湯或紅豆湯或綠豆湯，另外還會泡一壺好茶。如果姑丈的魚塭正巧有人送來紅蟳和蝦，女傭就會為他們蒸好備用。

園丁會上來為她們在二樓圓形餐桌旁邊另架起一個正方形面的桌子，方便他們打牌。大姑姊妹們會先在圓桌上吃飽午餐，然後他們就移坐到牌桌上打牌，還一邊喝甜湯、吃水果點心，從中午一直玩到晚上姑丈回來，他們才一一坐三輪車各自回家。

妙子低年級時常常只上半天課，最喜歡大姑姊妹淘牌聚的日子。中午一放學回家就有各種好吃的餐點，每一樣都是她的最愛，從中午吃到晚上都不嫌膩。如果有紅蟳，大姑會分她半隻，妙子非常喜歡吃紅蟳，她先吃完殼內的紅卵、蟳身肉和螯腳肉後，她會把大姑或其他人不吃的小蟳腳，一支一支慢慢剝開吸吮，吃得非常乾淨。

通常妙子吃完中餐後，就趕緊回房把功課寫完，然後搬一張板凳坐在大姑身邊看她們打牌。妙子其實對玩牌沒有太大興趣，但她喜歡看大姑的姊妹們優雅地把手中的小紙牌慢慢攤開成一把把彩色小扇子。雪姨的技術最好，她的扇子常常攤得很大，彷彿孔雀開屏。妙子也喜歡聽她們打牌時談論當時流行坊間的八卦新聞，當然最有趣的還是她們常常毫不避諱地聊起親友間的隱私是非。

大姑的結拜姊妹的先生中只有姑丈沒有納妾，所以這些姊妹雖然衣食無虞，外表風光，但婚姻家庭生活其實都很不如意，只能彼此之間互吐苦水，抒發鬱悶的心情。她們的日常生活一向枯燥苦悶，所以妻妾之間的爭寵衝突、對自己丈夫的批評和對自己命運的悲嘆就成了她們每次言談中的必要議題。

雪姨是台南大戲院的老板娘，據說從台南土庫庄到高雄蓮陂潭（現名春秋閣）一帶都是她家的土地，可是她的婚姻很不幸福。她的丈夫事業非常成功，但嫌她小腳識字不多，除了給生活費外，很少關注她。她的丈夫最寵愛他的三老婆，因為這個三老婆年輕漂亮而且精明幹練。她原為藝旦出身，生性活潑，詩文歌舞、琴棋書畫無不精通，最厲害的是她日文也說得流利，是雪姨丈夫與官方打交道時的有力幫手，所以現在雪姨丈夫的事業也多為她掌控，儼然成為實質的正宮。雪姨只要講到這些，就會悲從中來，眼淚鼻涕狂流不止，旁人勸也沒用。妙子起初是很驚嚇的，後來也慢慢習慣了。

秋子姨和幸惠姨的先生們也都是富商，實業家，但是婚姻也一樣不是很幸福。她們常常沒有意識到妙子超齡的理解力，只把她當作不懂事的小孩，所以常毫不避諱地提及夫妻男女床笫間情事，有一次秋子姨甚至說到她的丈夫上週如何和人妻通姦，被人捉姦索賠，要求下跪洗門風，整個細節描述地極其生動詳細，如同親眼見證一般，聽得妙子愣愣地，這時大姑才覺察這些似乎是兒童不宜的言論，才叫妙子出去玩。

大姑的結拜姊妹們都說大姑是最幸福的，姑丈長得一表人才，而且以姑丈的經濟條件和當時的社會狀況，討個三妻四妾原是很正常的，竟然一個妾都沒有。大姑的解釋是曾有一個算命仙算過姑丈的命，認定姑丈最少三妻，可是等算命仙看過大姑後，就說姑丈沒有娶妾的命了，因為大姑可以壓得住姑丈。妙子覺得很神奇，大姑的姊妹們也都嘖嘖稱奇，對算命仙的話深信不疑。大家討論到最後，得到的結論就是一切都是命運安排，不用羨慕別人，大家只能認命。

妙子對成人世界複雜情事的認識始自於此，她開始對道貌岸然的大人有了不一樣的看法。她很早就學會不輕易地相信任何人或者是事情的表面，她喜歡想像任何可能發生的結果，或者喜歡推測事件的起因，她純真的童年似乎結束得很早。

妙子升上三年級後，大姑家突然多了一個小同伴，那是姑丈二姊的小兒子翔平。姑丈的二姊年初病逝，他們家的小孩大多已長大出外工作，只有翔平還在唸公學校。因為翔平的爸爸想跟朋友去日本發展，只好暫時把翔平寄放在大姑家。

妙子記得家裡為二姊舉辦婚禮時曾見過翔平，他們一家曾在曾家住過幾天。翔平是個很靦腆安靜的小孩，他們還一起玩過遊戲。

翔平的爸爸幫翔平辦了轉學，讓翔平進入台南第二公學校就讀，他自己只在大姑家住了兩夜就走了。大姑叫女傭把一樓的儲物間清空，作為翔平的住所。於是所有的物品都被搬到洋房後端面對後院的大儲藏室裡，然後男園丁在原儲物間裡放了一張舊竹牀，長條形的小房間盡頭有一個小窗，長年被儲物遮蔽，現在終於有機會開窗見天日。大姑叫園丁把儲藏室裡姑丈的一張舊書桌搬到小窗前，再找了一張椅子。妙子不得不佩服大姑，除了少一個衣櫃，空間稍嫌狹小外，陰黯的儲物間立刻變成一個舒適明亮的小房間了。

其實三樓有一個大空房，那原本是大姊、二姊的舊房間，但大姑不願意讓翔平住進去，因為姊姊們的舊物很多，真不知道怎麼整理，而且大姑想念女兒，留著房間，隨時等待女兒回來有地方可住。

翔平比妙子小三個月，也唸三年級，因為翔平個性和善，妙子放學後很願意和他一起溫習功課。妙子發現翔平的程度很不好，可能是因為翔平之前唸的鄉下公學校教師要求不高，也可能因為翔平的哥哥姊姊都已經長大離家，媽媽生病，爸爸又太忙，完全沒有人管教他的緣故，所以妙子便成了翔平的家教老師。

每天放學後他們在前院的大理石桌上，趁著太陽未下山前複習功課。翔平的日文不好，學校老師上課的內容很多都聽不懂，妙子常常要從頭教起，翔平很聽妙子的話，也很認真學習妙子教他的科目。

翔平的日籍導師很喜歡打人，打罵教育在當時的台灣社會非常普遍，起初因為翔平日語聽不太懂，常常被老師打耳光。後來因為放學後和妙子一起做功課的關係，慢慢地翔平的功課有了很大的進步，日語變好了，在學校也比較少挨打。漸漸地，他變得喜歡上學讀書，也和妙子一樣養成了喜歡閱讀的習慣，二姊出嫁前留給妙子不少日文童書，妙子便搬出來和翔平一起閱讀。

翔平有一個特長，就是他的手工藝非常好，這是妙子唯一自嘆弗如的，他有一個爸爸送他的折疊瑞士刀，內有各式刀片，非常神奇。有一次妙子進去他的房間，翔平從床下拿出一個進口餅乾的大鐵盒，裡面盡是他平時撿拾的各種廢棄木頭，還有他用這把刀子雕刻的動物木雕，個個栩栩如生。妙子又發現原本嘰嘎作響搖動不穩的竹床，已經被他整修得非常穩固。因為沒有衣櫥，他在牆上釘上一個木板掛勾架吊掛他的衣服，他說木板是園丁給他之前裝釘地板剩下的木頭廢料，而且園丁借他用鋸子把形狀鋸好，還教他磨邊，只差沒有足夠的亮光漆可用，他說現在他和園丁已經變成很好的朋友。

很快地時間如灰煙飛逝，又到了歲暮寒冬，這一年妙子和翔平幾乎朝夕相處，翔平近乎孤兒的背景更讓兩人彼此相憐相惜。多年以後，妙子回想起來，深深覺得和翔平一起閱讀的日子是她人生中最平靜美好的時光。她沒有兄弟姊妹，一直都是孤獨的，惟有翔平給她手足的感覺，她覺得她愛翔平有如親弟弟一般，她真希望她能永遠保護照顧他。

甜美靜好的歲月總是很難長久，所有的豐筵盛席終將曲終人散。過年前翔平的爸爸從日本回來看望翔平，他帶了禮物來拜訪姑丈一家，並告訴姑丈他的新計劃，這一年他在日本賺了一點錢，也學到一些技術，想到鹿港和他的姊夫合開木材傢俱店。他打算等翔平明年春天三年級的學業結束後，就將他轉學到鹿港。

妙子為翔平能與父親相聚而高興，但也為即將的分別難過。翔平離去的前一週，他們考完了期末考試的一個下午，來到往常溫習功課的大理石桌前。翔平從書包中掏出一隻木刻的鶴鳥塞進妙子的手中說：「這隻鶴鳥送給你。」

妙子想到不久前他們才讀過《報恩的白鶴》的故事。

突然翔平哭了起來，他說：「我不想離開這裡，我不想走。」然後，他看著妙子，紅著眼睛說：「姊姊，我不想離開你，你是世界上對我最好的人。」

妙子也哭了，她緊握著翔平的手說：「不要哭，要勇敢。我會永遠記得你的。」妙子很清楚，他們太弱小了，沒有能力改變自己的命運，離別是必然的，他們只能勇敢地面對命運的安排。這是妙子有生以來第二次為離別而哭泣，上一次是她娘走的時候。

慶太升上五年級後就開始籠罩在升學壓力的陰影下，姑丈又替他請了學校的名師吉村老師當家教，主要上的還是日文和算術，每天放學野球隊訓練後，回到家已過七點，匆匆吃完晚飯就開始跟家教老師上課到九點半，週日天天如此，幾乎沒有任何休息的時間，只有週末野球隊練球或比賽的時候，或者他的隊友或同學來找他時，慶太才展露往常的笑容。

到了六年級，慶太終於退出了野球隊，全心全意準備中等學校的入學考試。慶太整天都在上課讀書寫練習考卷，連週末也一樣，從早到晚不是到學校就是關在書房家教補習，那種緊張高壓的氣氛，連妙子都為他難過，這一整年妙子也難得見到他。

有一天妙子無意間聽到姑丈和大姑討論慶太的求學狀況，姑丈憂心地說：「慶太應該上不了南一中了，吉村老師說今年台灣人頂多只能錄取五人。還是把南二中當作目標吧。」[2]

大姑說：「二中會考上吧。不會連二中都上不了吧！」

姑丈：「二中也不好考，聽說數學要接近滿分才能上榜，不過小學校的日文程度比公學校好，慶太的國文應該佔很大的優勢，二中應該可以上的吧！」

大姑問：「如果連二中都考不上，要重考嗎？」

姑丈說：「我看……要吧。」

這時姑丈看了一眼正好走過來的妙子，他說：「妙子就不用，妙子很強，一定考得上南二高女。」這是妙子第一次知道姑丈對她未來的安排。因為當時南一中和南一高女

---

2 在日治時期，以日籍學生為主的「南一中」（全名為「台南州立台南第一中學校」），戰後改名為南二中；而日治時期的台灣人唸的「南二中」（全名為「台南州立台南第二中學校」），戰後則改為「南一中」（全名為「台灣省立台南第一中學」），名稱互調。

是日本子弟就讀的中學校，台灣人非常少，只有成績傑出，家世背景非常好的台灣人才有機會錄取，所以台灣學生大都以南二中和南二高女作為升學目標，南二中每年錄取一百五十人，南二高女只錄取五十人，都非常難考。因為慶太唸了日本人的小學校，所以姑丈仍存有慶太或許可以考上南一中的願夢，據說唸了南一中後，申請日本帝國大學就非常容易。

慶太小學校修業後，雖然最後兩年他非常努力用功，結果一如姑丈所預期，慶太還是沒能考上南一中，但出乎姑丈意料的是竟然連南二中也沒上，幸好慶太還去考了翔平之前讀的第二公學校的高等科，獲得錄取，所以姑丈要他這一年就先唸高等科一年級，同時準備明年重考二中。

慶太沒能考上南二中，對他而言是人生第一次的重大挫敗，尤其是跟他要好的幾個同班同學和野球隊友因為是日本人的關係，不是上了南一中，就是回到日本唸更好的中學，他竟然連二中都考不上，他一時非常沮喪。此時他的情緒極為複雜，一方面他為自己台灣人的身分而感到不平，他認為他的日本同學並沒有比他優秀，只是因為是日本人就可以讀一中；但另一方面慶太也必須承認，在台灣人中，他竟然不是最優秀的，竟然連南二中都沒考上。而且他一向不太看得起公學校，小學校修業的他，現在竟然要去唸公學校高等科，教他情何以堪。

開學後慶太一度很消沉，變得靜默，任何事都提不起精神。但姑丈沒有讓他消沉太久，很快地每天課後補習的日子又開始了，姑丈為他找了第二公學校最有名的岩田老師當家教，慶太又繼續日以繼夜地做無止盡的練習和背誦。

同時妙子也升上了五年級，但是並沒有人關照她的功課。因為大姑對新來的女傭非常不滿意，所以妙子必需花很多時間處理家事。大姑近來腿不好不太能走長路，所以妙子放學後必須趕緊帶著女傭去黃昏市場買菜。大姑嫌新女傭煮的菜味道不好，所以晚餐改由妙子掌廚，女傭只成了助手。大姑變得愈來愈依賴妙子，她常常因為腰酸腿痛要妙子請假陪她去診所看病。

既然妙子已經知道姑丈願意讓她繼續升學，所以當學校導師須田義治先生作意願調查時，她就毫不猶豫填寫升學的選項。須田先生將班上有意願升學的十多個同學集中坐在教室中間，不僅放學下課後為他們多上兩小時日本語、算術、歷史、地理、話劇等免費加強課程，平常上課時也會為她們加發補充教材，妙子也開始感受到升學考試的氣氛了。

公學校和小學校的上課教材是不同的，公學校的教科書是由臺灣總督府為台灣特殊的殖民社會編纂的，而小學校的教科書則由日本文部省編纂，與日本內地完全一致，內容艱深許多。姑丈雖然沒有幫妙子請家教，但他把慶太五年級家教老師給的補充教材和試卷送給妙子練習，而慶太也主動地將他在小學校低年級上課的課本和補充課外讀物全給了妙子。這些書籍和資料對妙子的幫助非常大，尤其是慶太的國文課本和補充教材，妙子發現小學校所唸的日文果然相對艱深，妙子要花很多時間研讀，但也充分感受到學海無涯的樂趣。

慶太終於度過了單調苦悶的一年，很可惜只差了兩分，依然沒有考上南二中。放榜那天家裡氣壓非常沉重，大家都很難過，大姑竟然因此哭了好幾天。後來慶太的家教老師岩田先生突然造訪，他顯得非常內疚，和姑丈詳談了很久才離去。

原來岩田老師告訴姑丈，今年的公學校的畢業生變多了，投考的人數也比去年多很多，所以錄取率也降低了。因為南二中每年只收三班一百五十人，岩田老師認為以這種趨勢判斷，今後一年會比一年難考。他認為慶太的實力其實還不錯，只是今年考運不濟，好幾題做錯都是太過粗心的緣故。他建議慶太再重考一年，或者也可以考慮直接去日本內地留學，因為日本內地中學校很多，遠比在台灣容易入學。

因為開學在即，慶太要去日本留學再快也要等到明年春天，所以姑丈決定讓慶太繼續唸公學校高等科二年級，明年再考一次南二中，同時也開始徵詢內地留學的資訊，如果明年再考不上，就送他到日本唸中學。

於是慶太又開始學校上課，放學家教的規律生活，這年姑丈神通廣大，竟然請到南二中的名師到家裡教導慶太，主要上的還是國文和數學科目，尤其是針對南二中歷年來的入學考試出題試卷反覆練習。

妙子在公學校的最後一年過得非常匆忙，經過了難忘的環島修學旅行後，很快就面臨升學考試。妙子經過筆試、身體檢查和口試三關，果真順利地考上南二高女，女學校的同班同學共有六人考上，她的班導師須田先生對這樣的成果非常滿意，因為這是歷年來作為班導個人最好的成績。

同時這一年慶太終於考上了南二中。他在入學考試中數學科考了滿分，因為當年數學科出題非常傳統，所有的題型慶太都非常熟悉，沒有任何新奇的型式，所以慶太拿到考卷後就不加思索，訓練有素地照步驟答題，寫完考卷後還有充裕的時間檢查，改正錯誤。而國文科原就是慶太拿手的科目，並沒有特別困難的文章，口試部分也非常順利，考完後，慶太感覺很有把握，最後果真順利考上。

這一年家裡同時出了兩位中學生，這是鄰里間了不起的大事，姑丈和大姑都非常高興。姑丈特地在市中心新開的高級料理亭「鶯料理屋」擺了兩桌酒席感謝過去教過慶太的老師們，全家沉浸在歡樂的氣氛中，久久不散。

五　苦楝花下的青春記事

一九二六年四月，十三歲的妙子開始了四年的高女生涯。殖民地的高女教育其實是為了配合殖民地經營上的需求，因此高女學生被定義為未來台灣新世代菁英階級的妻子團體，所以學校以培養中上流階級主婦的禮儀教養為目標，課程包羅萬象，除了國文、理科、地理、歷史、家事等科學知識外，還多了聲樂、鋼琴、美術、插花、茶道等文化修養科目，同時也包含網球、桌球、登山、游泳等運動科目，更增加了短歌、俳句等文學創作的練習。

家事科目其實才是高女的教學重點，該科目以家庭管理，照顧幼兒，學習營養學與製作家庭菜單為內容，手藝則包括實作裁縫、使用裁縫機和毛線編織等課程，如實反映做為將來菁英階層主婦的需求。公學校的「修身科」仍繼續存在，不過已轉為著重於培育婦德和女性的社會禮儀。妙子記得修身科的老師除了要求制服穿戴整齊乾淨外，甚至會檢查白襪是否乾淨，破洞是不是有修補整齊。南二高女的校訓是「孝順父母、友愛兄弟、夫妻相和、持信友朋、己持恭儉、博愛於眾」，目的是培養傳統的賢淑女性。

所有新課程中令妙子最感痛苦的是日式禮儀「跪坐」，上課時必須長跪在榻榻米上直到下課為止，非常艱苦，每次長達一小時，等到下課站起來時，妙子發現雙腳早已完全麻木沒有感覺，要偷偷借助同學的手才站得起來。有時老師會讓他們提早端坐起身，但接著要他們依照禮儀繼續捧茶奉茶，妙子每次都手晃腳軟，狼狽不堪，只能暗暗叫苦。

除了跪坐禮儀外，妙子還要學習日本女人傳統內八字的走路姿勢，坐姿、臥姿也各有講究，而飲食禮儀還包括如何正坐、拿筷、吃飯、喝湯，每一舉手投足都是學問，目的是培訓理想的優美日本女人形象。

妙子雖然認真學習，也同意日本女人一向輕言細語體態曼妙，遠比一般台灣女人優雅，但跪坐時的痛苦讓她想到大姑當時綁小腳的情形，她覺得一小時的跪坐已經痛苦不堪，如果她生在大姑的時代，成天綁小腳該有多可怕。妙子雖然內心怨懟，但在學校她一點也不敢抱怨，她並不知道其實這兩者都是違反人體工學原理、傷害女性身體的行為，當然綁小腳為害更大的多，可算是酷刑等級。

高女課程中另一個很大的不同是增加了外語科，其實就是學習英文，需要花費很多時間學習一種新的語言。比較有趣的課程是花道和茶道，雖然也是需要長期跪坐，但因為手可以移動，而且心思放在花與茶上，可以短暫忘記腳麻的痛苦。

另外，最新奇的課程體驗是游泳課，南二高女校內沒有游泳池，但是每學期體育課有數堂游泳課，學生必須就近到位於花園町公會堂後方的市營水浴場上課。第一次換上泳裝時，妙子覺得難為情，非常遲疑。當妙子發現有同學說「ＭＣ」，就可以不換裝在一旁休息，輪到她時，她也仿效說「ＭＣ」，但馬上被其他同學投訴說，妙子剛剛才問過其他人什麼是ＭＣ，所以老師聽完就一把抓起剛換好泳裝的妙子直接丟入池中，這是一個妙子終生難忘的游泳初體驗。

重考了兩年的慶太終於進入南二中開始長達五年的中學生活，姑丈希望他中學畢業後能繼續升學高等學校，而創立於一九二二年的「臺北高等學校」當然是慶太的升學首選，因為它是當時臺灣唯一的一所高等學校，因為全日本高等學校一年學生的總人數少於九所帝大所收的新生總人數，所以台北高校的學生畢業之後幾乎可以保證直升日本帝大。日本帝大共有九所帝國大學，其中包含臺北帝大（臺灣大學前身）和京城帝大（韓國首爾大學前身）。因此台北高校集結了全台菁英，是窄門中的窄門，菁英中的菁英，比臺北帝大還要難考。

台灣人在日本領台之前還有不少人懷抱科舉功名之夢，期待藉由科舉考試而飛黃騰達。進入日本時代後，台灣人對科舉功名的狂熱逐漸被學歷主義所取代。因為日本原是一個階級分明的社會，長久以來階級地位的差異造成明顯的權勢落差，日本人習慣於絕對的權威與順服，社會地位高的人常可以得到社會地位較低者的服從和尊重，因此日本人對於立身出世，追求成功的階級地位非常狂熱。

明治二十年代後期國家進入憲法時代，國家秩序也日漸完善，飛黃騰達有了一套新的制式路線，那就是所謂的學歷主義，當時最佳的立身出世的路線就是讀高等學校，然後進入帝國大學就讀，最後成為國家高級官吏。因為當時仍是官尊民卑的時代，所以高級官僚的地位與待遇也是其他職業所望塵莫及的。

日本總督府其實並不鼓勵台灣人成為國家高級官吏，所以早期台人的菁英教育機關只有師範學校、台北高等學校、以及農林、商業、工業、醫學等四所專門學校。但是台灣人受到日本人學歷主義影響非常深遠，例如姑丈就是一個徹底的學歷主義的擁護者，自從慶太考取南二中，姑丈就汲汲地為他規劃未來前途。

南二中畢業後，如果計劃在台灣升學，能考進台北高校當然最好，畢業之後可以直升日本九所帝大，另外也可以考慮唸台灣總督府醫學校，純粹西醫訓練，將來做個現代西醫，社經地位也是不錯的，只是這兩校錄取率極低，非常不容易考上，因此很多人都將青春浪費在一再的重考中。

慶太的另一個選擇就是去日本留學，學校較多，機會也大，當然花費也多。慶太因為有過兩年痛苦的重考經驗，不太願意留在台灣考試，傾向到日本留學。花費多寡當然不會是慶太的考量，姑丈為了這個唯一兒子的前途，鬻田賣地絕對是心甘情願的，到日本唸書科系選擇也多很多，法政財經醫學都可以，只要是東京、京都、早稻田、慶應等這些名校畢業，之後回台非常有機會在殖民政府中謀個高級官僚的職務，前途更是不可限量。

雖然慶太深知父親對他懷抱著很大的期望，但他懵懂的心理早已知道自己永遠不可能達到父親的理想，他認知在南二中群雄並起的環境裡，他再怎麼努力也不可能出類拔萃，不論台北高校或是總督府醫學校，對他言都是遙不可及的夢想。正在日本京都大學留學的二姊夫明雄建議他將來去日本內地唸大學，因為內地的大學和專門學校很多，入學遠比在台灣容易很多。就這樣慶太早早就決定南二中修業完畢後要去日本留學。

為了確保慶太學校功課能達到標準，一開學姑丈就想為慶太聘請家教老師，但這時已經十五歲的慶太堅決反對，他情願考試偶有不及格，也不願再過成天讀書考試補習如「地獄」般的日子，這是慶太自己描述過去幾年生活的用語。最後姑丈總算妥協了，同意這兩年讓慶太自己自主學習。雖然慶太的功課在南二中並不算特別出色，但勉強應付也算綽綽有餘，而他的體育很好，劍道、野球和網球都有優異的表現，且屢屢獲獎，這讓他在學校擁有某種榮耀和尊嚴，大致言，慶太在南二中的生活算是快樂的。

慶太就讀南二中後生活上還有一個很大的改變，原來在小學校時他只講日語，連在家和大姑講話也講日語，而形成他用日語大姑用台語交談的奇特情景。但自從上了南二中後，慶太開始滿口台語。原來南二中學生標榜他們是充滿蕃薯仔精神的中學。雖然學校規定所有的學生必須講國語（日語），可是南二中學長管學弟的習俗中私訂了一條鐵則，就是不管學校如何規定，台灣同學私底下彼此之間一定要講台語，否則會被學長視為「叛骨」，而被動拳修理。慶太似乎受過這條鐵則教訓，因此他原本不輪轉的台語在南二中五年的磨練下也教人刮目相看，很多台灣俚語甚至髒話他都會講，這也算是當時日本體制下台灣傳統教育不能公開的另一章。

此外，另一個重大的改變是姑丈開始培養慶太成為他的家產管理和投資事業的接班人。姑丈認為慶太上了中學後，已經夠大了，已經比自己十二歲當年開始掌管家業時大了整整三歲，應該適時學習處理家業了。為了讓慶太將來能順利繼承管理家傳田產和漁塭出租的業務，姑丈每次巡視收租地產時都儘量安排在假日，慶太不上學的日子，他每每帶著慶太一同去檢視地產，帶著慶太認識帳房和每一個佃戶，並且跟慶太詳細解釋收租的細節和每個佃戶的個別狀況，甚至回溯細數佃戶間的相互關係和過去歷史。尤其是和新的佃戶協商簽約時，姑丈非常耐心地教導慶太應對的技巧和契約中的關鍵眉角。

同時，姑丈希望慶太將來也能順利接手他所投資的一些特許事業，如藥品進口、製冰廠、罐頭工廠等等，除了檢視進口和製造的流程外，姑丈也會帶著慶太一起去參加公司的股東會議，或者參加和律師的會面討論，甚至也讓慶太參加和商場朋友的飯局聚會。南二中長達五年的課後積極參與，終於讓慶太對父親事業上複雜的商場規則和文化有了些認識。

作為一個年輕的事業繼承人，參與父親的商業活動對慶太意義重大，他敏銳地感受到父親對他的愛護器重和期許。這些商業活動對慶太言，雖然新鮮但不全然有趣，有時甚至非常繁瑣無聊，但慶太不敢叫苦，在父親面前，他一向十分聽話。無論如何，這些活動不僅擴大了慶太的人生視野，增加他對商業經濟的了解，同時也強化了和父親間的親密情感，也讓他對自己和未來更有信心。

一九二八年的春季休業後，二姊夫明雄完成在京都帝大醫學部習醫的學業。他和二姊帶著四個小孩一起回到台南，雖然二姊名義上住在婆家，但實際上待在娘家的時間更多，所以原本安靜的大姑家因為二姊一家人的造訪而變得生氣蓬勃。妙子變得更忙了，除了學校的功課，家裡的瑣事要處理外，現在還要幫二姊照顧小孩。

以前非常安靜瘦弱的二姊這幾年變得豐腴而且活潑，因為她現在習慣使用日文，而妙子經過八年的日文教育，日語說得相當通順而優雅，和二姊用日文溝通毫無問題，二姊現在和妙子很有話講，反而和大姑使用台語對話時，常常辭不達義，有時甚至需要妙子幫忙翻譯。

慶太升上中三後，姑丈也變得實際，愈來愈清楚慶太的學習能力。慶太並不笨，但也不是絕頂聰明，生活一向安逸的慶太缺乏求學的耐力和求勝的決心，簡單的說，他沒有追求飛黃騰達的志向和野心，他喜歡自由自在地過日子，未來只要一個安穩的工作，他就心滿意足了。

二姊夫回台不久後就決定接受英立彰化基督教醫院的邀約去當內科醫師，舉家準備搬到彰化。姑丈趁機和二姊夫討論慶太到日本求學的各種可能和機會，二姊夫認為日本政府對於台灣人學習法政很有疑慮，因為曾有琉球的留學生在日本留學時期學到民主法制及國家主義等政治理論，學成後回到琉球就推動琉球獨立運動，讓日本政府深以為戒，所以日本當局並不鼓勵台灣人研讀法政，比較鼓勵台人學習醫學。

最後二姊夫給了一個建議，慶太或許可以考慮到日本唸齒科專門學校。日本內地新設不少私立的齒科專門學校，入學考試不會太難，也比醫科好唸，而且只要讀四到五年就可以畢業。將來當牙醫賺的錢雖不如醫師，但工作也相對輕鬆很多，責任壓力也小。姑丈和慶太聽完都覺得這個主意不錯，二姊夫也答應會請日本的友人打探相關的資訊，讓慶太可以早點準備，最好南二中一畢業，就可以直接進入內地的齒專就讀。

唸高女的妙子彷彿一夜間長成了一個美麗的女子，最初注意到的是雪姨，有一天她們姊妹的四色牌聚會中，雪姨突然睇視著妙子說：「妙子長高了，愈來愈媠（美）了。」

大姑正打了一張好牌，笑著說：「伊已經比我高了，舊年一年抽長的。」

幸蕙姨也笑著對大姑說：「妙子愈來愈媠，再過個幾年，求親的人來排隊，你會受不了。」

秋子姨說她有一件很漂亮，質料很好的英國製的洋裝，只穿過一次，後來變胖了穿不下，下一次帶來給妙子，妙子穿起來一定很好看。

大姑很驕傲地說：「妙子當然嫷啦！伊是我們後頭厝（娘家）的人，怎麼會不嫷。」

雪姨也附和說：「妙子和你少年時有點像喔！人家說『外甥像舅，姪女像姑』，真正有道理。」

大姑愈聽愈得意，她笑道：「伊阿爹是我最細漢的小弟，是我抱大的，和我長得最像。」

妙子第一次聽到大姑這樣說到她阿爹，有點驚訝，那時她剛滿十五歲。

升上了高女三年級的妙子，也發現自己變漂亮了，而且開始有了些愛慕者。學校裡和她最要好的同學春枝有一天突然告訴她，她的哥哥要託她轉一封情書給妙子，被她拒絕了。自此之後，妙子就盡量避免去春枝家，免得見到春枝的哥哥覺得尷尬。

妙子突然覺得慶太近來對她客氣很多，有時也會默默看著她發呆，有一次慶太的同學來找他，幾個人在一樓客廳聽唱片不肯走，妙子有點覺得他們似乎在等她下樓。後來她下樓要出門時，他們全都興奮起來，而且大聲嘲弄慶太，互相取樂，讓妙子覺得很不自在。此後只要慶太的同學來訪，妙子就躲在房間，堅持不肯下樓。

無憂無慮的高女歲月隨風而逝，一轉眼妙子升上了四年級，高女的最後一年。這一年妙子在學校學的鋼琴已經彈得不錯了，而且在學校家事課中縫製了一件美麗的和服，惟一的遺憾是妙子最終沒能參加日本內地的高女修學旅行，為了要不要參加旅行，妙子猶豫了很久。因為那時正巧大姑突然跌倒受傷，非常需要妙子的照顧。另外，姑丈這一年非常不順利，年初時銀行發生了貸款弊案，他受到同事牽連遭停職調查，過了年中，調查結束後他雖然沒有被起訴卻被要求提早退休，家裡頓時感覺經濟大不如前。在這黯然低潮的時期，妙子的修學旅行所費不貲，所以當下妙子也不好意思向姑丈開口，就自己決定不參加了。

苦楝花季到了，淡紫的小花鋪滿巨大的苦楝樹上，彷彿一層層白雪，那是一九三〇年三月，妙子在面對著未知的前途，茫茫然中從高女畢業了，當了十多年學校裡的好學生，終於航行到了學海的盡頭。高女畢業已經是當年台灣女性學術的頂點，雖然妙子在高女讀書的成績很好，除非去日本留學，在台灣她已經無書可讀，她突然感覺自身非常脆弱和疑惑，人生第一次失去了清楚可以努力的目標，她非常徬徨。

高女教育的原始目的是培養菁英階層的賢妻良母，而不是獨立自主的現代女性，所以妙子的同學們畢業後都開始相親，陸續傳來訂婚、結婚的好消息。妙子畢業後只能留在大姑家中照顧家人，她無法出門工作，因為根本沒有合適高女畢業生的工作。

窩在家中好幾個星期，妙子檢視她過去的人生，想想如果一切都失去了，她還能如何維生？她絕對不要像她的阿娘一樣一無所長，連自己的女兒都養不起，只能寄生在娘家，而她自己連娘家都沒有。

最後妙子決定從事裁縫作為她高女畢業後的第一份工作，因為當年沒有成衣工廠製造成衣，所有的衣服都是依賴手工或者使用縫紉機一件一件縫製的。美國在南北戰爭期間已經有縫紉機的發明，讓手工製衣變得更有效率。到了二十世紀初美國「勝家」縫紉機進入亞洲販售，台灣也是其中銷售熱點，大姑早在收養妙子前就買了一台，大姊、二姊上裁縫課時都使用過，後來妙子上高女後，就把裁縫機搬進一樓翔平住過的儲物間使用，現在妙子打算用它作為未來的謀生工具。

其實裁縫是當時非常實用的行業，很多女人靠它維持家計，高女教育也把裁縫當作教育重點，高女畢業生各類裁縫和編織技術在學校大致都學過，甚至妙子高女的學姊中有人還特地去日本東京很有名的服裝設計學校「文化服裝學院」深造，研習「和裁」和

「洋裁」的製作技巧，這所學校非常貴族化，不僅學費昂貴，而且只收高女畢業生。妙子沒有這麼大費周章的計劃，只是此時面臨人生的困境，不知何去何從，不想只做個廢人，在家等著出嫁。

當然大姑絕不會讓妙子開門做裁縫生意，所以妙子一開始只能做做家人的浴衣，大姊、二姊小孩的浴衣。後來大姑看她做的不錯，手藝越來越精巧，就很願意陪妙子到布店剪較貴的布料，縫製外出的服裝。妙子也不負所望，不到三星期就為大姑縫製了一件色彩華麗的和服，然後又做了一件大姑的洋服外套，都教大姑愛不釋手。接下來妙子就開始做起姑丈和慶太的洋服和長褲，那是相當大的挑戰，因為學校沒有教過，妙子向同學借閱洋裁書籍研究，嘗試了好久，終於抓到訣竅，花上兩個多月才完成。

大姑的結拜姊妹都表達了對妙子手藝的激賞，排隊等待著妙子幫她們製作衣服，妙子不敢全部答應，因為現有的製衣計劃已經排到過年之後了。

十月底慶太參加了日本內地長達四星期的修學旅行，慶太不在，家裡變得十分安靜，大姑每天看著慶太的行程表，唸著今天慶太又到了什麼地方，這也勾起姑丈在十八年前旅行日本的回憶，神戶、大阪、京都、名古屋和東京這些大城市他都去過，他講述著他的旅遊經驗，城市驚奇，妙子聽得入迷，也非常嚮往。

姑丈說：「十八年了，日本一定又進步很多了，等慶太去日本讀書畢業時，我想再去日本一趟。」

他還回頭對大姑說：「這一次我一定帶你一起去日本玩。」

一九三一年的新年和往年非常不一樣，因為姑丈捲入弊案又遭強迫退休的關係，門前極為冷落，去年新年是姑丈退休後第一個新年，登門拜訪送禮的人仍有，但已經少很多，而今年更為冷清，姑丈和大姑首度嚐到世情冷涼的滋味，不禁感到唏噓和寂寞，正月二日二姊因為小兒子正巧出疹子，一家都留在彰化，只有大姊一家回來，按照往例，三日一早他們就匆匆趕回鹿港。正當大家覺得無聊的時候，倒是來了一個意想不到的客人——翔平。

七年多不見，大家幾乎都認不得他。翔平長大了，變成一個俊俏的青年，他戴著中折帽，穿著深色西服，很有現代紳士的品味，和小時候土氣的模樣完全不同。原來他公學校畢業後，做了一年木工學徒，後來決定再回學校唸書，之後考進三年學制的台中商業學校。去年年初畢業，現在已經在華南銀行的台中分行工作九個多月了，這次放假特地回來看大家，感謝過去舅舅和舅媽照顧他的恩情。

吃完午飯後，妙子帶著翔平到鄰近的南門、孔廟散步，以前十分木訥的翔平已經變得口齒伶俐，不論台語日語都非常流利生動，一路談笑風生，妙子被他逗得笑聲不止。妙子非常驚訝翔平的改變，翔平很認真地告訴她，其實他最感謝的是妙子，她是他生命中的貴人。公學校三年級那一年改變了他的一生，之前在學校上課都不知道老師在講什麼，那一年妙子教導他後，他突然什麼都懂了，後來他在鹿港的公學校唸得很好，還是第一名畢業的。做木工那一年聽爸爸說，妙子考上了南二高女，自己就下定決心一定要回到學校繼續唸書。

翔平繼續說，其實他唸台中商業學校這三年一直想回台南看他們，但是他一直在傢俱店做木工打工賺學費，沒什麼空。後來想想就等畢業後，找到工作後再來吧！妙子聽了有些感動，熟悉的感覺慢慢回來了。

他們聊著童年趣事，妙子突然問他：「你覺得這些年我有什麼改變嗎？」

翔平笑著說：「沒有，完全沒變，你小時候就很漂亮，從小到大，你都是最漂亮的。」

妙子紅了臉瞪了他一眼說：「倒是你變得很油嘴。」

翔平急著冒汗說：「沒有，我說的都是真的。絕對沒有說謊。」

這時妙子才笑了出來。

他們聊了很久，到了天黑才回家。回到家，大姑在客廳等他們，叫他們趕緊上二樓吃晚餐，他們回來太晚了，大家都吃完飯了。

翔平打算五日清晨就回台中，第二天翔平和姑丈、大姑聊了一個上午，吃完中飯，他就央求妙子帶他去南二高女校園看看。出門前大姑特別叮嚀他們要早點回家吃晚飯，因為姑丈特別叫女傭殺了雞。

他們去南二高女校園後又在五妃廟繞了一圈，天還沒暗，但記得大姑的叮嚀就趕緊回家。到家前，翔平問妙子以後他可不可以常來看她，妙子大方地說：「可以啊！」

翔平說：「每個星期天都來呢？」

妙子拍了他的肩膀，笑說：「黑白講。」她覺得他在開玩笑。

回到家，正好趕上吃晚飯，菜色真的非常豐富。飯吃到差不多的時候。大姑意味深長地看著大家，眼珠子轉了一圈，她愉快地說：「告訴大家一個好消息，慶太已經通過了東京齒專的初審，月底お父さん就會陪慶太去東京複試，明雄說通過的機率高達九成，如果順利，四月就可以入學了。」

然後大姑眼睛轉向妙子，盯著她笑著說：「慶太和妙子的婚事也應該早點訂下來了。我和お父さん的意思是慶太三月畢業後就辦婚禮，四月你們兩人就一起去日本。」

妙子聽完非常震驚，羞得臉紅耳赤，十分慌亂。她瞟了一下對面坐的慶太，慶太顯得嚴肅，有點故作鎮定狀，顯然和姑丈、大姑三人早已商量好的。而坐在慶太旁的翔平，臉一陣紅一陣白，心情激動，手足無措，連道賀的話語都忘了說。

後來不久，妙子就上樓了，很早就洗澡就寢，整夜躺在床上睡不著覺，一切來得太突然了，萬種思緒湧現，妙子輾轉難眠，直到天微亮才勉強入睡。這些年不能說她從來沒有預感大姑的意思，但是長久以來沒有人明說過，她就不以為意，也不是真的不以為意，也許潛意識裡她故意不去探究這種可能性。高女畢業後大姑和姑丈只把她留在家裡，沒有說過任何對她未來的想法，她覺得不安卻不敢胡亂猜測，所以只能自己找裁縫的出路。

今天是個紊亂的一天，是她和翔平重逢的第二天，翔平追求她的意思那麼清楚，她才初嚐戀愛的滋味，或者說她還來不及確認這算不算是戀愛，她的命運已經被指向另一條路，為什麼所有的事都發生在今天？為什麼老天這麼戲弄她？如果翔平晚幾天來訪，等她和慶太的婚事確定之後再來，她就不可能單獨和翔平出門，翔平也不敢對她說那些調情的話……喔！我該怎麼辦？……後來她終於在情緒紊亂的疲憊中昏昏入睡。

第二天早上妙子遲遲不肯下樓，直到她確定翔平已經離開回台中了，她才下樓吃早餐，因為她實在不知道如何面對翔平。

六　人生的抉擇

接下來的日子過得很快，二姊夫幫忙找了一位剛從日本留學回來的齒科醫學士為慶太補習兩星期後齒科醫專的口試，所以慶太學校放學後就在一樓書房繼續上課，和妙子只有在早餐和晚餐時見面，婚事宣佈後，兩人碰面會覺得尷尬，都不敢正視對方，偶爾眼光交會時，都會感到臉紅心跳。

有一天午後，妙子正準備午睡，大姑突然來到妙子的房間。

大姑問她：「去日本後你有沒有想繼續讀書？」

妙子睜大眼睛，到日本唸書她想都沒想過。

大姑繼續說：「明雄說慶太學校附近也有一間女子齒科醫專。我看你很愛唸書，也可以一齊唸，將來慶太回台南開一間齒科診所，你可以幫忙慶太，夫妻一起工作，也可以互相照顧。」大姑說得很開心。

就這樣妙子決定去東京後再去申請二姊夫所說的女子齒專就讀，原來那是創立僅五年的「東洋女子齒科醫學專門學校」，那也是全日本第一所女子齒專。因為當時的女性，高女畢業後願意繼續唸書的人少，所以申請並不太難，二姊夫認為以妙子在南二高女的優異成績和流利的日文口語和書寫，資格審查和口試應該沒什麼問題。

妙子向同學老師打探的結果，發現南二高女校友中近期有一位高兩屆的叫芳子的學姊正在東女齒專唸二年級，是春枝的鄰居，於是春枝幫妙子要到了芳子學姊在東京的地址，妙子頓時心裡覺得踏實許多。

為了因應東京寒冷的冬天，妙子專心為自己和慶太縫製冬衣，每天都過得非常忙碌，逐漸忘記翔平曾經帶給她的心痛和煩憂。

一月下旬，姑丈和慶太起程去東京口試，順道旅遊，這是姑丈第二次到日本，他記得當時曾經被東京帝大磅礴氣勢的建築所震撼，至今仍念念不已，而慶太的學校離帝大不遠。

姑丈和慶太啟程後的第二個星期天午後，大姑在家睡午覺，妙子發現缺了一塊布料，就自行出門購買。她才出門不久，在轉角處，就被一個熟悉的身影擋住去路，翔平不知在這裡已經站了多久，面容十分憔悴。

妙子和翔平默默地一起踱步到三週前才來過的孔廟，然後漫無目的地往台南州廳，及有著兒玉總督像的大正公園方向走去。舊地重遊，兩人都心事重重，跟三週前初次重逢的快樂情緒完全不同。翔平的心緒開始激動起來，他說他其實最近每週日都來大姑家附近等她，這是第三個星期天，終於等到了妙子。

妙子問他為什麼不直接進屋子來？翔平說第一個星期天他到了大姑家，園丁讓他進來曾園，但當他按了洋樓的門鈴時，開門的是大姑。他就藉口要還書給妙子，大姑說妙子不在，她把書收下，說會把書拿給妙子，可是沒有請他入屋的意思，所以他只好走了。他說：「我現在在曾家已經是個不受歡迎的人物了，可是我又不甘心見不到妳，所以只好在附近徘徊，期待和妳不期而遇。就這樣前兩個星期天我都在這附近等妳，一直等到了天黑，我才去火車站坐車回台中。」

妙子想起來了兩週前突然發現她的房間榻榻米床上多了一本芥川龍之芥的《羅生門》，她以為是姑丈或是慶太買的，看完後留給她看的。

翔平突然停下腳步，直視著妙子的雙眼，他深情地告訴她：「我這些年這麼努力工作唸書，就是希望有一天能夠體面地回來看妳。妳應該知道我從小就很喜歡妳，這些年一直不敢回來找妳，直到我現在已經有了穩定的工作，我才有勇氣回來看妳。」

然後翔平慎重地說：「如果妳願意嫁給我，我隨時可以帶妳走，我們就到台中結婚，我現在已經有能力養家。只要妳願意，我們會很幸福的。」

翔平的話妙子一點都不意外，翔平的心思妙子早就猜到。可是妙子一直是個乖巧聽話的小孩，從小到大，她所受的教育就是孝順友愛，不可以忤逆長輩。尤其是高女的教育就是要求女性絕對的順從和守禮，私奔絕對不是高女人的選項。

她看著翔平失望憔悴的臉，覺得好心疼，她真的很喜歡翔平，也相信嫁給翔平她會很快樂，翔平一定會對她很好，他們一定會過得很幸福。可是姑丈和大姑怎麼辦？他們一定會很難過，也會覺得很丟臉，一定會變成鄰居親戚間的笑柄。然後大家會怎麼說她？她想到這裡就覺得害怕。

她跟翔平說：「我做不到，我不能就這樣走，大姑和姑丈對我恩重如山，我不能忘恩負義。我有責任要孝順他們一輩子。」妙子不禁哭了起來。

翔平知道他說服不了妙子，但仍不放棄希望，最後他給妙子一封早寫好的信，他說：「信是早寫好的。原來是擔心如能見到妳，而沒有機會和妳說上話時，可以塞信給妳。我把想要對妳說的話，全寫在信中，妳回家再看。」

翔平紅著眼睛作最後的努力，他繼續說：「我向妳保證我會盡一切力量愛妳，照顧妳，給妳幸福。只要妳願意嫁給我，我一定會非常努力，吃什麼苦我都願意。信中有我的地址和我工作銀行的電話，只要妳指定時間和地點，寫信或打電話告知我，我一定會去帶妳走。……請給我一個機會，讓我用這一輩子愛護妳，照顧妳。」

妙子拿著信一路哭著回家。夜裡，她一邊讀信一邊流淚，她真的好喜歡翔平，如果翔平早一點來找她，如果大姑沒有執意要她嫁給慶太，如果她能和翔平再交往一陣子，她就會離不開翔平，也許就有勇氣跟翔平走，如果……如果……妙子就在哭泣中睡著了。

二月中旬慶太確定被東齒醫專錄取，接著就是南二中的畢業考，三月初慶太在南二中順利畢業，數天後就是慶太和妙子的婚禮。對慶太言，這可真是三喜臨門。

他們的婚禮辦的很簡單，因為妙子沒有娘家，所以省去了迎娶的儀式，而且姑丈因為之前的弊案，最近行事一反舊習，變得小心謹慎，而現在又已退休，也少跟商場上的朋友往來，所以慶太的婚禮打算辦得儘可能低調樸實，規格也會比之前大姊和二姊的婚禮小很多。慶太和妙子都表示同意這樣的安排，所以姑丈就決定採最古老的漢式婚禮，只在家中一樓的中式廳堂拜天地就好，新房就是慶太的房間。

婚禮那天妙子精心打扮，她穿著新潮的西式白紗禮服，全身戴滿大姑送她的金飾，而慶太穿著深灰色西裝，戴上暗紅色領結，兩人像一對可愛的金童玉女，他們全家先到轉角的照像館照結婚照和全家合照，回家時趕上看好的時辰，就在一樓中式廳堂行古老的拜堂儀式，觀禮來賓除了二姊夫的媽媽擔任媒婆的角色外，只有大姊和二姊兩家人參加。

晚宴設在錦町三丁目的「寶美樓」，姑丈請了二十多桌客人，大多是親戚，連十多年不見的大舅和二舅兩家人都來了，以前常欺負妙子的表哥們都已長大且結婚生子，變得非常客氣。妙子只請她南二高女最要好的三個同學和一個小學同學參加，但是慶太在學校人緣一向很好，朋友也多，原來打算只請二桌，但後來出乎慶太的意料，他的小學野球隊的同學留在台灣的幾乎全員到齊，再加上小學、南二中的同學，最後竟有四桌，非常熱鬧。宴席中唯一的婚禮儀式是交換戒指，全都是姑丈和大姑準備的，妙子戴上的是兩克拉的白金鑽戒，慶太的是白金翡翠戒指。

雖然住在同一個屋簷下，圓房前妙子其實從來沒有真正踏進過慶太的房間，頂多只在門口短暫停留過。新婚夜裡妙子才發現慶太的房間真大，原來姑丈一開始蓋屋時，就是打算讓慶太在這間房娶妻生子的。慶太的房間是整棟樓房最大的房間，正在二樓餐廳上方，擁有連著陽台的大片格子玻璃拉門，陽光非常充足明亮，面對陽台的是用一組花布沙發隔成的小客廳。整個房間純西式格局，不舖榻榻米，而舖上原木地板，兩面牆壁上訂有大型精緻的木製衣櫥和書櫃。房間內除了沙發外，還有慶太的原木書桌和一張非常厚重的西式雙人大木床。

結婚當夜，妙子睡在慶太的床上，看著躺在身旁已經入睡的慶太，感覺如在夢境。想到她原來的房間也不過幾步之遙，今晚之後，人生竟有如此巨大的改變。

新婚後的第二天清晨，早起的慶太起床前竟在妙子的臉頰上親吻了一下，妙子醒了，有點吃驚，慶太從來不是個會表達柔情蜜意的人，即使最近幾年，妙子感覺慶太似乎喜歡她，但也僅止於默默地看著她發呆，偶爾被她發現而臉紅。其實妙子一直都很怕慶太的，小時候她初到大姑家時，慶太一發火，就拿木屐丟她，後來被姑丈看到，被姑丈罰站，才停止丟木屐。妙子小時候覺得慶太最討厭她，對女傭都沒這麼兇。

新婚後兩人的相處有時還是覺得尷尬，夜裡的親密到了白天就無以為續，過了好幾天，兩人才適應了彼此的新關係。大姑要妙子把她自己所屬的物品都搬進慶太的房間，清空原住的房間。妙子這時才真的感覺自己是慶太的妻子了，她整理慶太的衣服，打掃清理慶太的書本物品，然後把自己的衣服收進他的衣櫃裡，把她的書擺在他的書架上。

慶太常坐在椅子上看著妙子折疊衣服，偶而也幫忙，或者給一點意見，兩人常常有默契地相視而笑，就像一對尋常和睦相處的夫妻。

整理完了房間，他們開始整理去日本的行李，姑丈為他們買了兩口大皮箱和一口小皮箱。因為船票很貴，他們不打算常回來，所以春夏秋冬的衣服都要帶齊，妙子打算去東京申請女齒醫專，相關的文件和慶太口試資料考古試題，妙子都包好裝進皮箱，當然針線盒，剪布的剪刀也不能忘，妙子準備需要時可以到布店剪布做新衣。

因為去日本唸書不方便戴首飾，妙子便把她和慶太的婚戒和所有大姑給的首飾全都寄放在大姑的保險櫃裡。另外，妙子還把頭髮剪短，因為聽說女齒醫專要求所有學生都要剪短髮，以免被實驗室裡的火焰燒著。

出國前三天的晚上，姑丈突然叫妙子和慶太兩人到客廳來坐，咖啡桌上有幾張妙子從未看過的漢文報紙，上面寫著「台灣民報」。[3]

3 《臺灣民報》前身為一九二〇年創辦《臺灣青年》以及其更名之後的《臺灣》雜誌。一九二三年（大正十二年）《臺灣民報》於日本東京創刊，為全漢文版，是日本時代少有的臺籍人士創辦的刊物，內容為臺人發聲，影響力顯著，因此被稱為「台灣民眾唯一的言論機構」。銷售量一度曾與當時島內三大報《臺灣日日新報》、《臺灣新聞》、《臺南新報》同為百萬發行量的報紙。

慶太見到報紙很驚訝地說：「你怎麼拿我的東西？」

姑丈問他：「你怎麼會有這些報紙？」

慶太說：「學校同學給的。鄭志明和何富三給我看的。」

妙子非常吃驚，她從來不知道慶太讀漢文報紙。慶太和她一樣都上過漢學私塾，當然會讀漢字，不過那已經是很久以前，小時候的事了。

慶太說：「那是因為最近比較有空，我想複習漢文，他們才給我看的。」

姑丈說：「你們知道他們出這些報紙做什麼用嗎？」

妙子當然不知道，她搖搖頭。

慶太說：「他們想要設置台灣議會。」

姑丈嘆了一口氣說：「少年人不要太天真。」

然後姑丈開始講述「西來庵事件」的歷史，那是大正四年發生在玉井一帶的慘劇，姑丈的老家在官田，距離不遠，他有很多認識的朋友、兒時玩伴、他的佃農都參加了。而那時姑丈早已搬到台南市區，而且已經在台銀上班，所以真正動亂時，他並不知情。後來才知道起初是因為日本政府把製糖權和採樟腦權都收歸政府所有，引起農民不滿，余清芳假借神明鼓動農民去攻打日本警察局，殺死了數十位日本警察和警眷家屬，並佔領了玉井的日本官廳，然後日本軍隊便開進玉井，開始殺人。南化的房子整排都被燒光，竹頭崎庄更是被日本兵從庄頭殺至庄尾，南庄有十幾個庄都被屠殺，包括婦人和小孩，非常可怕，後來沒死的人全部被捉。

姑丈還說當余清芳這些人遭日人逮捕後，曾在市區遊街示眾，他還去台南火車站前看他們，一共有好幾百人，其中不少是他認識的。後來這些人大多數被判死刑，沒死的也是無期徒刑，最後都死在獄中。他嘆了一口氣說：「日本軍隊真的很強，這些農民不知死活，拿刀的怎麼戰得贏拿槍的。」

聽完後慶太辯駁說：「議會請願運動的人並沒有要推翻日本政府，他們只是要爭取像日本內地一樣有我們自己的議會而已。」

姑丈有點不高興地說：「這是文攻，不是武鬥。不管文攻，還是武鬥，對日本政府言都是一樣的，不要以為文攻，日本政府就不會報復。總之到日本後，你們什麼都不要去參加。」

接著姑丈苦口婆心地為他們解釋做人要如草隨風的道理。他說：「人要懂得順勢而為，尤其在這個亂世時代更要學會明哲保身，才能存活下來。」

姑丈說他對日本帝國的強大非常有信心，他去日本走過，他覺得日本真的非常進步強大。姑丈說他個人對台灣人的議會請願運動並不反對，但他也絕對不會參與，他說：「因為時候未到，不會成功，此時日本政府絕對不會答應的，再等五十年後再說吧！」

他接著教誨他們：「我的人生哲學就是，人要成功就要永遠站在強者這一邊，永遠不要去挑戰當權者。亂世時韜光養晦，盛世時就要迎合當權，這就是我這輩子事業成功的祕訣，也是我在日本人統治下的生存之道。你們要永遠記得。」

姑丈想了想又說：「日本人來了以後，公共衛生做得真不錯，鼠疫、傷寒、霍亂、天花都根絕了，這些以前常常流行。」他又傷感地說：「我七歲時我阿母就是感染霍亂死的，那時候草蓆一包就燒了，我連看一眼的機會都沒有。」

姑丈下了結論說：「日本人來之前，治安非常不好，我們農莊以前都要組義勇兵抵抗搶匪，日本派兵統台之後，治安變好了，現在連番界我都敢去，日本政府其實是不錯的。」

最後姑丈再三交代，到了日本絕對不要參加任何學生活動或政治活動。再次向妙子叮嚀，不可讓慶太參加任何政治運動，尤其是反政府運動，妙子趕緊點頭答應。

七 航向異鄉，不歇止的旅程

時間過得很快，終於到了啟程去日本的日子。離家的時候，妙子和大姑都哭了，姑丈陪他們前一天就坐火車到台北旅館過夜，當天上午姑丈送他們到基隆碼頭乘坐蓬萊丸到神戶，這是一段四天三夜的航行，先抵達門司，接著再航向神戶。

因為慶太和妙子新婚，這趟航行可算是蜜月旅行，姑丈特地花大錢為他們買了二等甲的兩人房艙位。慶太笑著跟妙子說：「爸爸最偏心妳了，這次才會買幾乎兩倍價格的二等甲艙位。我之前參加修學旅行坐的是三等艙位，一群人躺在一片大榻榻米舖位上睡覺。一月去東京口試時和爸爸兩人坐二等乙四人上下舖艙位，這次最高級。都是因為妳的緣故啊！」妙子聽了也笑得很開心。

二等甲艙位離甲板很近，雖然房間不大，是個四疊半間，但確實保有隱私，甜蜜新婚的兩人都對旅程上的安排非常滿意。[4]

當天夜裡，他們吃過晚餐便上去甲板散步。三月海上的空氣相當清冷，慶太緊緊地抱著妙子，在蒼茫黯黑的太平洋上船隻緩緩地朝北航行。雲層頗濃，月光時暗時明，有時也看得到星星，慶太不時吻著妙子，妙子在慶太的懷中感覺很幸福。

第三天中午，蓬萊丸到了門司港，很多的日本人在此下船。門司港位於九州最北端，與本州之間僅相隔一道「關門海峽」，對岸即「下關市」，也是中日簽訂馬關條約的地方。

接著船慢慢起程，開始駛入瀨戶內海，這是本州、九州和四國之間的內海，海中有許多綠色小島，襯著藍天碧海更顯秀麗。妙子在地理課中讀過瀨戶內海，今天終於親眼見到其波濤壯闊美景，內心激盪不已。她和慶太一直捨不得離開甲板，等待著藍天慢慢轉為紫紅，和雲彩霞光一同倒影水中，五彩斑斕，天地融為一體，然後瞬間轉暗，最後惟留夕陽餘暉在海中閃爍放亮。直到夕日暗去，他們才戀戀不捨地回船艙餐廳吃晚餐。

---

4 在傳統和室中，四疊半就是四張半榻榻米鋪設出來一個正方形的大小，約為七・二九㎡，被認為是和室中最完美的空間，進可呼朋喚友，退可自我修行，很多和室都是按照這個尺寸建造的。

一九三一年（昭和六年）三月二十五日中午過後蓬萊丸順利地抵達神戶。雖然當時日本國鐵東海道本線已經完成，但是從神戶到東京這一段路，即使搭乘最高時速為九十五公里的超級特快列車「燕」，也要長達九小時才能到達。所以他們聽從二姊夫的建議，搭乘有臥舖夜行的三等特快列車「櫻」，預計十二小時後抵達東京，亦即晚上坐，翌日早上到，雖然坐車的時間長，但到達的時間比較理想，票價也便宜不少。

於是他們買了兩人上下舖的臥舖車廂，晚上八點正上車。乘坐臥舖火車是一個嶄新的經驗，慶太很興奮，但整夜火車隆隆聲讓睡上舖的妙子很不安穩，玻璃窗外一片黑暗也讓妙子感覺不安，妙子折騰了很久才勉強入睡，倒是睡下舖的慶太一夜睡得香甜。

次日果真早上八時整，火車就到了東京車站，出了車站，妙子目不轉睛地盯著這個巨大美麗的磚造建築，總覺得有一種特別的熟悉感。後來妙子才知道這幢一九一四年啟用的雄偉車站是名建築師辰野金吾所設計的仿西式磚造建築，而台北的台灣總督府正是辰野金吾的弟子長野宇平治所設計的，兩建築的風格色彩非常類似，都有紅磚白石飾條，在建築史上統稱為「辰野式」，難怪妙子初見時就感覺熟悉。

出了車站，慶太招了一輛人力三輪車，談妥了價錢，車子很快就載他們到姑丈託東京的朋友陳さん為他們租好的房屋。嚴格說起來他們租的只是一個六疊間，就在東京大學附近的文京區，在一個很雅緻的傳統日式兩層樓房中。[5]

他們的新房東是一個七旬老婦清水太太，她的先生原是東大教授，十年前過世，清水太太過了九年的獨居生活，前年腳開始不好，行動愈來愈不方便，去年年底請了一個女傭照顧她，為了支付女傭的費用，清水太太把清水先生的藏書全部捐給東大圖書館，將一樓書房清理乾淨後出租，慶太夫婦便成了她的第一任房客。

清水太太的房子一樓除了妙子他們的房間外，還有客廳、廚房、衛浴和餐廳，都不大但很淨雅。而這個租屋最理想的地方是距離慶太和妙子的學校都不遠，走路只需十多分鐘，上學非常方便。

因為他們的租約是包括三餐的，所以他們到的時候雖然已經十點多了，女傭還是為他們送上白飯、味噌湯和一小碟黑色豆子的早餐。到了十二點，他們又吃了午餐，有青菜、豆腐和火烤鹽鯖魚。

吃過午飯後，他們還是沒見到清水太太，女傭說她這幾天感冒，留在二樓房間不會下來。於是他們決定自行到外面四處逛逛。清水太太的住屋這一帶臨近帝大和好幾個專

---

5 六疊間，即可放六個榻榻米大的房間，大約三坪大。

校，據說是地價非常昂貴的住宅區，所以房子都不大，院子更小，而且一間緊鄰著一間。

他們的租屋正在學校的北邊，所以他們就朝南走，想先去校園看看。走不久就看到一個美麗的大花園，非常巨大的花園，那時正值櫻花盛開季節，遊客很多，穿梭在有多種顏色的櫻花樹下，櫻花從白色、粉紅到淺紅、朱紅都有。櫻花長得既多且密，長滿在巨大的樹幹和所有的細枝上，花團錦簇，而樹上落花如細雨輕飄，如夢似幻，很不真實，這都是妙子在台灣從未看過的景象，非常震撼。

原來這是小石川後樂園，面積達七萬平方公尺，約兩萬一千多坪，原是江戶時代德川家的庭園，後樂園位在小石川台地的南端，德川家族從神田上水道引水進入園內形成了以池水為中心的假山泉水庭園，是日本「池泉回遊式庭園」的代表作，園內主要種植有梅、櫻、杜鵑和楓樹，隨季節變化庭園展現不同的風情。

妙子和慶太為這絕美的景緻所吸引，發現庭園設計極為精巧，每走幾步看到的就是一幅如畫的美景，而且每一景色都各有特色，互不相同，令人著迷。因為這個美麗的庭園很大，充滿驚奇，他們就放棄去學校的念頭，專心在此流連欣賞。

回程的時候，發現原來芳子學姊的地址就在這附近，不久他們就找到了芳子的住所，芳子正巧剛剛旅行回來。芳子早已聽說有一個南二高女的學妹會來，所以見到他們時芳子非常高興，答應明早就帶妙子去學校申請入學。妙子和她道別後，就和慶太踱步在三月東京清冷的黃昏中，慢慢地回到新家，兩人都為這嶄新的人生新頁而感到興奮。

隔天一早，他們就去找芳子學姊一齊前去東洋女子齒專。他們走到水道橋附近，看到了一棟三層樓高莊嚴的白色西式建築，芳子說那就是妙子未來的學校，芳子帶妙子進入辦公室，表明想要唸書的意願，妙子將她從台灣帶來的文件交與審核，辦公室的人員對妙子簡單地詢問她的個別資料和學習經驗，確定她的日語能力後，不久妙子就獲得註冊許可。四月一日將和慶太同時開學。

妙子沒有想到申請女子齒專入學如此輕鬆容易，和芳子道別後，就和慶太一起到東京齒科醫專看他的學校，兩個學校離得很近，從妙子的學校往南走不到十分鐘，就到了慶太的學校。東京齒專遠比東女齒專大很多，建築也更壯麗高聳，兩人都對自己的新學校很滿意，充滿對未來的期待。

他們準時回到租屋吃午餐，主食是秋刀魚，兩人共食一尾，慶太用台語低聲跟妙子抱怨：「又是魚，從離開台灣後就沒吃過肉。」等他們快要吃完午餐時，他們終於看到了清水太太，她的身體看起來比妙子預期的好很多，她還可以自行走下樓梯，只是非常緩慢。清水太太先向他們優雅地行禮致歉，為她這幾天生病不能下樓接待他們而道歉，並請他們慢慢用餐。

他們吃完午餐後就到客廳和清水太太閒聊，她問了他們此次旅行的細節和學校的狀況。她對他們流利的日語感到吃驚，尤其是對慶太的日語讚譽有加。她說慶太的日語發音是非常標準的東京音，而妙子則是有一點九州腔，清水太太覺得這對夫妻有這點差異非常有趣，尤其他們都沒在日本長期住過。妙子從來沒有注意到她講的日語和慶太有什麼不同，經過清水太太的舉例解釋，才發現真的有異，妙子猜想應該是他們所讀的學校不同，老師來自日本不同地方的緣故吧。

清水太太早已料到慶太的困擾，她解釋說傳統的日本家庭是不吃肉的，女傭來自鄉下地方，她不懂得如何煮肉，而她自己也不常吃肉，如果他們想吃肉，東京銀座有一家肉店兼賣可樂餅的餐廳，非常受學生歡迎，如果他們想出去外食不想在家吃飯，只要事先告訴女傭，月底計費會還錢給他們。

清水太太很驕傲地告訴他們，她家這一帶是日本著名的文教區，著名的文學家坪內逍遙和森鷗外，就住在這附近，也許他們將來有機會在路上碰到。已故的夏目漱石和樋口一葉的故居也都在這附近，夏目漱石生前和她先生熟識，曾來過他們家喝茶。妙子聽了崇拜不已，這些人都是以前在課本上讀過的人，她非常喜歡他們的文章，尤其是夏目漱石的小說《我是貓》。

不久清水太太就上樓休息，慶太和妙子就開始計劃趁開學前這幾天到東京遊覽，最熱鬧的地區如銀座、新宿、澀谷、淺草等地是他們主要的目的地。晚餐時他們就告訴女傭明天他們將出門旅遊，只要準備早餐即可，妙子很認真地記錄下他們不用餐的時間，以備月底結帳使用。

其實慶太最想的是去找肉吃，日本人不太吃肉，這是他之前完全沒有料到的。原來從七世紀開始，連續幾任天皇都是虔誠的佛教徒，篤信佛教「五戒」，即不殺生、不偷盜、不邪淫、不妄語、不飲酒。而五戒之首是不殺生，因此禁止殺生的風潮高漲，於是天武天皇於西元六七五年頒行了「肉食禁止令」。不僅禁止蓄養家禽家畜，也禁止個人狩獵，各國進獻獸肉，不過魚不在禁令之內，在日本人眼中，魚似乎算不上動物。

自天武天皇頒行禁令後，這個禁肉令竟然實行長達一千兩百年之久，直到一八七二年，明治天皇認為西洋人體格強健與他們的肉食習慣有關，因此為了富國強兵，明治天皇才開始推廣肉食，但是即使到了一九三一年當下，顯然鄉下民間還是有很多人不吃肉的。

翌日，慶太和妙子吃完早餐後，兩人就搭電車到東京車站市中心，慶太打算中午在銀座找一家炸豬排店大快朵頤。

雖然此時的東京才剛從一九二三年關東大地震的打擊中重建復甦，之後又遭遇昭和初年的金融危機，但對從未離開過台灣的妙子言，東京還是一個新穎富裕奇妙的都市，東京市中心的高樓遠比台灣的任何城市高而且多很多，不僅柏油街道寬闊整齊，市區也規劃得井然有序，雖然腳踏車還是城市主要的交通工具，有線電車和各種汽車往來交錯，絡繹不絕，這些都是當年台灣人不曾看過的景象。

東京街道上的行人穿著特別引起妙子的關注，妙子注意到東京人普遍衣飾華美，爭奇鬥艷，而且身穿傳統和服的人已經不多。大多數的女性穿的是套裝洋服或是歐式長裙，戴著繫有絲帶緞花的各式帽子，男人則是穿襯衫、西裝褲、西裝背心和西裝外套，頭戴中折帽或是圓頂帽，偶而也會看到戴山高帽或鴨舌帽的紳士。而最讓妙子感到驚訝的是男女老少全都穿著皮鞋，整個城市看不到任何赤腳的人。東京不管人文或是地貌，很有歐洲城市的風情，明治維新以來所標榜的「脫亞入歐」的理念似乎在這個城市已經達到某種程度的實現。

妙子和慶太到日本的時間正是日本歷史上所謂的「昭和摩登」或「昭和現代」（モダン）時期，約一九二六到一九三九年間，正是近代史上日本最強盛的年代，指涉的是昭和初期日本西化後所造就的現代市民消費文化現象，和之前所謂的「大正浪漫」（ロマン），有著密切的關係。大正時代（起自一九一二到一九二六年）強調個人的解放和民主自由的精神，標榜著對新科學時代懷著憧憬和理想，富涵抒情浪漫豐美的文化風格。而「昭和摩登」正是延續這樣的理想與風格，創造了日本西化後獨特的文學美術、音樂建築、電影戲劇、服飾飲食等各種面向的藝術成就，也開創了工業化後都會城市的市民消費文化。

日本此時正是第一次世界大戰的勝利國，是亞洲唯一的發達國家，因為中產階級興起，推崇「民本主義」的所謂「大正民主」也在此時風起雲湧興盛起來。一九二八年第十六屆日本眾議院議員總選舉開始實施全民普選，提高了普通民眾的政治地位。另外，女性解放和兩性平權思想也在此時萌芽。不少日本女性開始走出家庭進入工作職場，成為擁有經濟能力的職業婦女。打字員、公車女售票員、女服務生都是當時很普遍的女性職業，女性地位因此大幅躍進。

另一方面，日本以東京、橫濱、大阪、神戶等大城市為中心建立起一個大規模的消費社會，而且日本市場也成為美國歐洲企業進軍的目標。東京最讓妙子感覺震撼的是出現了很多的宏偉精緻的大型百貨商店，如阪急百貨店、三越百貨店和大丸百貨店等，除了販賣本地的商品，還有很多來自歐洲的精美服飾和工業成品。

此外，東京市中心的地下鐵建設，也很令妙子驚嘆，日本最早的地下鐵線路「東京地鐵線（現稱銀座線）」在一九二七年已經建好。而令慶太最驚喜的則是日本三大洋食，包括可樂餅、咖哩飯和炸豬排在銀座都有不少名店，看起來都非常可口。

他們到達銀座時離吃午餐時間還早，慶太就帶著妙子到日比谷公園遊覽，那是一月底來東齒口試時爸爸曾帶他遊歷的公園，此時也正是櫻花盛開的時候，真的可稱遊人如織，熱鬧非凡。日比谷公園占地十六公頃，比前天去過的小石川後樂園大上兩倍，是一個比較西洋風的公園。

他們在公園轉了轉，除了櫻花，此時也正是杜鵑花季，姹紫嫣紅，繽紛美麗。露天的大音樂堂座落在公園的西南方，妙子很喜歡這個建築，在這裡佇立許久，後來他們決定回銀座吃飯。出了東邊大門，他們看到一個古羅馬風味如皇宮般的華麗建築，前面有非常寬闊的蓮花水池，慶太認出這是帝國大飯店，他說上次口試後，爸爸的朋友陳さん就請他們在這裡吃牛排，那是他此生吃過最好吃的牛排。[6]

---

6 一九二三年竣工的舊帝國大飯店是美國建築家萊特（Frank Lloyd Wright 1867-1959）在日本最大的代表作。這座代表日本建築最高峰的舊帝國大飯店在一九六八年因地盤下沉、建築物老舊、客房太

慶太突然臨時起意說：「我們一起去吃牛排把。」他就拉著妙子的手往飯店大門走去。妙子非常忐忑，她從未去過這麼豪華的餐廳，不曉得要花費多少錢。

他們走進大門後，慶太熟門熟路地帶著妙子穿越挑高的大廳，走過兩側的櫃台，朝右方的樓梯走上二樓，原來二樓建築只環繞大廳的前半圈，正是牛排餐廳所在。

他們來的早，客人不多，慶太挑了正對日比谷公園的位置，可以俯瞰整個公園。妙子發現飯店裡的賓客每一個都是衣冠楚楚，舉止優雅，而且穿的都是當時最流行的名牌服飾，而她自己穿的是來日本前自己縫製樣式已算老式的洋服，感覺有些不安。可是慶太毫不在乎，就開始點菜。妙子看到菜單上的價格，驚訝到臉色發白，慶太看她這樣，就把她的菜單拿走，主動幫她點菜。他為他們兩人各點了一份菲力牛排套餐，只是他是大份的，妙子是小份的。

侍者走了，慶太低聲對妙子說：「很貴，是吧！我們還在蜜月耶！人生就這麼一次，不要想那麼多，好好享受，這家餐廳的牛排真的很好吃。」

妙子想想就釋懷了，反正已經走進來了，反正已經點了，就好好享受了。

少不敷使用等原因，決定拆除，另在原地建新館。不過，萊特設計的玄關大廳部分，花費十多年時間，被遷移到愛知縣犬山市的野外博物館明治村，完整再現建築原貌。

整套餐從前菜到甜點，都非常美味，無可挑剔。結帳後，妙子發現加上服務費後比她先前預估的還要貴，足足是他們一個月的飯錢。還好姑丈給的錢，因為還未繳學費，都帶在身上，如果依平常的習慣，可能真的會發生錢帶不夠，無法付帳的窘境。

吃完飯他們就去逛百貨公司，買了原本就計劃買的帽子和鞋子，價格都比在台灣洋服店看到的便宜許多，樣式也好看很多。妙子又為慶太和自己各挑了一條正打折半價的蘇格蘭羊毛圍巾，他們還看到許多來自歐洲的工業新品，都非常別緻新奇。

到了晚餐時間，兩人都覺得中午牛排吃得太飽了，現在一點也不餓，就決定早早坐電車回家。

妙子回家後遇到清水太太，清水太太問她去銀座吃了什麼，妙子不敢說實話，就隨便說吃了炸豬排，清水太太笑說：「我就知道，年輕人喜歡吃肉。」

第二天中午他們又去了一趟銀座，真的去吃了炸豬排飯，然後搭地下鐵到澀谷，拜訪爸爸的友人陳さん，那位幫他們租好房屋的朋友。他們在澀谷站下車，往代代木公園的方向步行約二十分鐘，就找到了地址所在，那是間有著花園的豪華大宅，大門的名牌上刻著松本姓氏。慶太向妙子解釋，陳さん的妻子是日本人，他年輕時就入贅妻子娘家，所以就從妻姓。

陳さん的花園是純和式庭園，面積不到曾園的五分之一，但整理得非常用心，每株樹木都修剪有型，屋宅和曾園一樣，也是和洋折衷式，採光明亮而且乾淨整齊，裝潢擺設非常精緻典雅，但比起曾園屋宅顯然小得多了，所以妙子並不覺得特別驚艷。雖說如此，陳さん的房子蓋在寸土寸金的東京澀谷區，已經非常難能可貴，應該是人人羨慕的大豪宅了。

陳さん招待他們在一樓和室客廳喝茶吃日本和菓子，妙子拿出姑丈交代的禮物送給陳さん，有肉鬆、肉脯、香腸和烏魚子，陳さん看到禮物，非常開心，直說太久沒吃了。陳さん拿起烏魚子，用讚嘆的眼神看了又看，他告訴慶太和妙子，烏魚子日文叫「からすみ」，中文的意思是「唐墨」，因為形狀和中國唐朝傳入日本的墨塊相似。

陳さん說：「日本有三大海產珍味，包括長崎的烏魚子，越前的海膽（うに）和三河的海參腸（このわた），都是非常珍貴的食物。其實台灣的烏魚子比長崎的品質更優良，更好吃。」

他還跟他們解釋了烏魚子的製造歷史，原來古代地中海就有醃漬魚子的技術，但並不是使用烏魚卵為材料。後來這技術傳入中國，中國人大多用鰆魚子製造，到明代又傳入日本，才改用烏魚卵，所以烏魚子日文又叫「古鰆子」，大正八年日本長崎特別派人到高雄和鹿港設立烏魚子工廠，教授醃漬技術，這就是台灣烏魚子的由來。

陳さん繼續說：「其實烏魚的捕捉和漢人在台灣的移民史很有關係，早期福建的漢人就是為了捕捉烏魚，才會勇敢地跨越兇險的黑水溝來到台灣，他們先在台灣南部海上沙洲上搭建草寮居住，與岸上的平埔族交易結市，後來才上岸搶地居住，慢慢地形成漢人聚落。每年十月以後東北季風開始，帶卵的烏魚群就會集結南下，約在冬至前後兩周，烏魚的數量在台灣西海岸達到最高峰，吸引漁船齊聚西海岸追捕。因為每年如此，所以烏魚又稱信魚。」

陳さん笑笑又說：「台灣人很幸運，獨得老天厚愛才有這麼珍貴的食物。」慶太妙子兩人聽了都覺得烏魚子的歷史很有趣，奇怪以前怎麼都沒聽人說過。

談話中陳さん還一直對他們稱讚姑丈聰明能幹而且為人很講義氣，是他年輕時候在台灣最好的朋友。原來陳さん和姑丈是西本願寺開導學校的同學，陳さん畢業後到日本留學，唸工業學校，畢業後到他岳父的化學工廠工作，不久就娶了老板的女兒，現在他繼承了這家化學工廠，成了董事長。

陳さん也和姑丈一樣，對日本帝國的強大非常有信心，而且更甚的是陳さん一再地讚美日本政府將台灣建設得很好，治理得很完善，相信日本一定會成為世界上最強的國家，最後勉勵他們讀完書後回去台灣服務鄉里，建設日本帝國。

慶太夫婦告辭的時候，陳さん從廚房裡拿了一盒包裝精美華麗的東京和菓子回贈他們。出了陳さん家門走到地下鐵車站的路上，慶太突然大肆批評起陳さん的言論，令妙子非常不安。

妙子自從上次被姑丈囑咐不要讓慶太參加任何政治活動後，她開始注意起慶太所閱讀的政治相關圖書雜誌，有時也會和慶太討論慶太所關心的政治議題，雖然妙子的本意是要幫姑丈看住慶太，自己卻不免反而受到影響，也對政治變得敏感關心。

妙子也認為陳さん的說法太像政治宣傳，了無新意，聽了令人厭煩。慶太則對陳さん的言論非常不以為然，他說：「日本政府才沒有陳さん講得那麼好，日本殖民政府其實對台灣人實施高壓統治，歧視很深，台灣人連最基本的國民待遇都沒有。」

妙子知道他還在想台灣議會設置的請願運動，台灣人的參政權等等當前正熱的政治議題。妙子雖然同意慶太的看法，也知道很多日本學者也支持這類看法。可是姑丈認為時候未到，不要因此而有人流血，所以妙子一再提醒慶太不要在公共場合說這些，免得惹來麻煩。

她極力安撫慶太說：「我相信不久將來我們台灣人終究會和日本人一樣擁有相同的

參政權，爸爸說時候未到，我們一定要忍耐。」

回到清水太太家後，妙子想了想後問慶太：「爸爸蓋我們家房子的時候，聽說有一個日本朋友幫爸爸設計沖水馬桶，幫忙從日本購買設備，還幫忙找了日本技師到台南指導建造。這位日本朋友就是陳さん嗎？」

慶太思索了一下說：「應該是吧。我那時太小了，實在不清楚。」然後他突然恍然大悟地說：「難怪陳さん家的洗手間和我們家的好像。」

妙子說：「不只洗手間，很多地方都像，你不覺得感覺很熟悉嗎？陳さん家的房子不管結構還是用材都和曾園有點雷同。」妙子推測說：「爸爸年輕時曾經來過日本拜訪過老友陳さん，可能看過陳さん的房子後，非常羨慕，回到台南後，他就想盡辦法蓋一幢相似的樓房，很可能這間陳さん的房子就是曾園的原型。」

慶太回應說：「你說的不錯，真的是這樣。原來我們家的房子是以陳さん的家屋為藍本修建成的。」

於是兩人為這個新發現而大為興奮起來，他們開始比較起兩間房子的細節，其實差別也不小，兩人都同意曾園的房子大很多，而且蓋得氣派，一樓天花板高很多，比較適合台南溫暖的氣候，夏天會覺得涼爽，如果蓋在東京，冬天就會太冷。但是慶太比較喜歡陳さん家庭院樹木修剪整齊的日式風格，他認為這是陳さん家屋唯一勝出的地方。說著說著兩人不免想念起台灣的家和姑丈、大姑，到了晚上上床時，兩人都還有些思鄉的感傷情緒。

翌日上午他們去學校註冊完後就在家休息，因為連著兩天外出，妙子感覺疲累，所以打算開學前不再出門，只在租屋附近散步。

八 夢想停駐的地方

四月一日兩人都準時開學。才上了幾天課，慶太就大感吃不消，慶太沒有料到東京齒專的教育如此嚴苛，比起南二中有過之而無不及。

因為東齒是專門學校，除了修身、國語和體練等一般課程外，其他全是專門課程。課程排得很滿，幾乎沒有選修課的空間。而且上課時每個人都排定座位，上課鈴一響，教室的門馬上關起來，遲到的同學只能在外面等下一節課才能進來。缺一堂課總成績就要被扣兩分，只要缺課多一些，就很容易被當，被當只能重修，因為擋修的關係，可能一年就被浪費了。

雖然起初慶太為醫專繁重的課程大為吃驚，但是因為自小習慣於課後補習的生活經驗已經將他訓練成吃苦耐操的個性，所以經過了一兩個星期的適應，慶太慢慢地也能接受這樣緊張勤勉的學習方式。雖然他對醫專的課程並沒有太大的興趣，但是他一向對其它學科課程的感覺不都也是這樣嗎？即使上課對他從來就是無趣辛苦的事，但每次最終他也不都能應付過關嗎？

工作本來就不是快樂的事，這不就是人生的常態嗎？世界上大多數的人從事的都是無趣辛勞的工作，他憑什麼例外？所以慶太很認命，對新學校新生活也沒有任何埋怨。

妙子就不一樣，齒專教育對妙子言，是個嶄新又有趣的生活體驗，她自始就興緻盎然且十分熱情地投入她的新生活。妙子參加開學典禮後才發現東女齒專今年新生雖然主要仍是日本人，但是來自日本海外殖民地和外國的學生也不少，今年從台灣來的就有五個新生，除了妙子外，還有台北淡水女學院、彰化高女、嘉義高女和東京堀越高女的畢業生，另有三個朝鮮人，一個滿洲人，還有兩個中國人和一個菲律賓人。日本人也是來自全國各地，東京本地人反而不多。

東女齒專全是大教室，也排坐位，但上課鈴響後，還是可以進教室，不像慶太的學校那麼嚴格，對出席率沒有那麼高的要求，只要考試過關即可。今年新生共六十多人，平常都在同一間教室一起上課，一樓有三間大教室，二樓有口腔外科教室、保存齒科教室和補齒科教室，保存齒科治療室有七十多座治療台，排得很整齊，也很壯觀。地下室有解剖學科教室和一間技工室，就是製作義齒的房間。[7]

東女齒專課程也排得很滿，從早上八點上課到中午十二點，上的是一般科目如修身、國史、英語和獨逸語（德語），也上專業課目如系統解剖學、組織學等。專業課目幾乎都沒有教科書，上課要速記老師的上課內容，考試完全靠自己的上課筆記。因為妙子一向反應靈敏，所以速記完全沒有問題，她的上課筆記後來也常被同學借閱。

中午吃過飯後，大家得去地下室技術教室練習一下午的技工。東女齒專非常重視技工技術，一年級的課程一半的時間幾乎都花在學習技工技術，因為齒科醫學和醫學不同，治療學以外，還有修補學。拔齒之後，還得學補義齒。妙子覺得製作義齒的技術比讀筆記考試課目更加困難，必須要有很好的手工技巧，而且要很有耐力。

從一年級開始，東女齒專學生必須練習用石膏做牙齒模型，二年級之後也要練習製作金齒套和義齒。和冶金匠一樣，齒科醫生要學會熔金熔銀的技術，製作適合患者的金齒套和義齒。妙子開學不久就常因為石膏牙齒模型技術工作無法在學校及時完成，只好

---

7 保存齒科意即牙病的治療，以不要拔除而將牙齒治療後得以保留為目的。因為拔牙是早期牙醫的重要工作，當今最基本的根管治療和牙周病的標準治療，在當時還只是剛萌芽的治療方式，因此保存齒科一直到二十世紀的下半葉才日益重要。

帶回家繼續做，常常做到半夜才能上床睡覺。

慶太唸的也是齒科，可是東京齒專第一學期的課程和東女齒專非常不一樣，東女已完全不修基礎課程如數學、物理、化學，但慶太每星期每門課都要各修四小時，另外最多的課是和解剖相關的課程，如系統解剖學及實習、齒牙解剖學及實習、組織學及實習，另有齒科材料學，至於東女齒專非常重視的技工技術要到第二學期才出現。

妙子每天下午都在地下室的技術教室裡修習技工課程，這門課的座位是由學生自由分組，四人一組共用一個技工桌，因為大多數的學生都住宿舍，所以選組早在開學之前很多人就早已選好。到最後只剩四人住在校外還沒選組，所以老師就將這四個人組合成組，妙子就是其中之一，還有一個是來自北京的中日混血兒張美娜，一個是東京本地人田中裕美，另一個是來自九州的高橋寬子。

因為每天下午在技術教室共用一張桌子，四人變得非常熟稔，因為午休的時間實在太短了，慶太和妙子決定兩人都不回家，各自留在學校餐廳用膳，午餐時間就變成妙子和她的同學聊天最好的時機，很快地這三人就變成妙子在東京最親密的朋友。

美娜和妙子同年，她的爸爸是中國人，媽媽是日本人，小時候在北京長大，六年前來東京讀高女，現在她和媽媽住在東京淺草，她的北京話和日語都講得十分流利，不時會教他們一些北京話，妙子對她的北京話非常高昂的音腔很著迷。

裕美是東京板橋人，是他們四人中年紀最大的，已經二十八歲，原來是個助產士，她覺得牙醫前景比較好，所以今年改讀齒專，她現在和當護士未婚的姊姊一起租屋住在東大附近。

而來自九州的寬子比妙子大一歲，已經訂婚，她的未婚夫是和慶太讀同一所學校的四年級生，她住在文京區她的未婚夫家。寬子起初也以為妙子是她的九州同鄉，因為妙子的日語有著她非常熟悉的九州腔。

六月中，才進入女子齒專讀了兩個多月，妙子發現她懷孕了，妙子非常驚恐，她完全沒有料到她會懷孕，她非常擔心孩子生下來後，大姑和姑丈會不讓她繼續唸書，二姊就是因為懷了孩子才放棄京都女子高專的學業。她非常擔憂，也不敢告訴慶太，但她告訴了她的那幾個密友。

裕美看到妙子那麼驚嚇的樣子，覺得很好笑，她對妙子說：「你難道不知道結婚就會懷孕的嗎？」大家聽了都笑了。

妙子懊惱地說：「我沒有想到這麼快。」

裕美說：「你不算快了，很多人只做一次就懷孕了。」大家笑成一團。

妙子問：「有沒有什麼墮胎的方法？」

裕美說：「你結婚了，為什麼要墮胎？人家是未婚懷孕，男人又不認帳，才需要墮胎的。」大家又笑了。

妙子告訴他們，好不容易得到唸書的機會，生了小孩可能就沒辦法唸書了。

大家對墮胎都沒有經驗，只有美娜說她知道有些藥吃了可以把小孩打掉，她表姊結婚前曾吃過，結果真的墮了小孩，她可以幫她問問。

過了兩天，美娜就給了妙子幾顆氣味奇怪的黑藥丸，但說不清楚要怎麼吃，妙子半信半疑，後來還是鼓起勇氣一口全吞了，但是過了一星期除了有點拉肚子外，什麼事都沒發生，她的胎兒還是在子宮裡好好地長大。妙子很失望，可是也無能為力，慶太覺得她最近有點奇怪，問她怎麼啦？妙子不得以只好老實告訴慶太她懷孕了。妙子問他如果生了小孩，她怎麼唸書？誰能幫忙帶小孩？慶太不說話，他也不知道怎麼辦。

又過了二個多星期，妙子考完第一學期期末考的第二天清晨天微亮，妙子起床想到院子走走，一失神就從高約四十公分的露台台階踩空跌了下來，這一跤跌得頗重，她下體出血，妙子立即發現她流掉了小孩。不過她身體底子好，休息了幾天，很快就恢復健康。知道妙子流產，慶太非但沒有安慰她，還非常生氣，他指控妙子，故意摔下來，故意流掉小孩的，不管妙子怎麼解釋，慶太依舊非常生氣。

現在妙子煩惱的不是如何墮胎，而是如何避孕，她還是去問了她的密友們。她們雖然都未婚，但是顯然懂得比她多，高女學校裡什麼都教，就是沒有教如何避孕和墮胎。寬子借了幾本《婦人世界》的雜誌給妙子，裕美也借她一本《主婦之友》雜誌，裡面不止有和避孕相關的科學知識，還有很多關於性學的研究和技巧，這時妙子才知道自己有多無知。

雖然自古以來很多人都在找尋安全有效的避孕方法，人類歷史上第一顆女性口服避孕藥直到一九六〇年才上市。一九三〇年代的妙子是沒有機會享受這麼方便的發明，她只好努力另尋途徑。

日本自明治維新以來受到西方影響很深，雖然男尊女卑的觀念仍舊很強，但是終於開始接受西方比較開放的性觀念和男女關係，也能開始公開討論避孕及性交的各種問題，這也是為什麼日本婦女雜誌對這一類的議題討論熱烈，也廣受讀者歡迎。

日本自大正時代開始出產保險套，當時被稱為「薩克」（サック），基本上是用溶劑將橡膠溶化成型，造型和現代保險套差不多，但品質差很多，密閉度很低，而且根部的地方有繩子，安裝後，必須綁住那條繩子來防止外洩，用起來應該不會太舒服。另外，除了人工製作的橡膠保險套以外，還有使用魚和動物內臟作的，據說品質比橡膠好，但是價格非常高昂。

所謂的「性交中絕」，也就是性交途中停止插入，在當時也被認為是有效的避孕方法。但是常常因為不能即時拔出而失敗，而且男女雙方都無法得到滿足，所以婦女雜誌普遍不建議這樣的避孕方式。

一九三〇年代的人並不知道體溫和排卵日的關係，但他們發現在月經來到之前的十二至十九天內發生性關係的話很容易懷孕，所以在月經前後的日子性交是比較可以避孕的安全時間。因為這種方式是男女都沒有負擔的簡單方法，所以婦女雜誌非常推薦，但是也警告失敗率也不小。

另外，明治時代以前，日本人認為表現出性慾是可恥的行為，所以手淫被看作是禁忌。但是，進入大正之後，日本人對手淫的看法已經改變，手淫變成了理所當然的風潮。而且根據當時對同志社、東大、京大學生的問卷調查，有九十六%以上的學生承認有過自慰的行為。所以也有人推薦用手淫，甚至口交方式取代性交來避孕。

這些都是妙子在婦女雜誌上所獲得的知識，她研究了很久，發現所有的避孕方法沒有慶太的幫忙不行。她決定和慶太討論，爭取他的合作。

慶太原來已經一個多星期氣得不跟妙子說話了，因為妙子給他看這些雜誌，大大開了眼界，他的氣就消了。他把雜誌讀得津津有味，讚嘆日本真是強大，連婦女雜誌都這麼有科學水準。他答應妙子問問他的同學哪裡可以買到「薩克」，也很有興趣嘗試各種不同的避孕方式。

妙子鬆了一口氣，終於解決了她和慶太間的親密問題，慶太和她終於同一戰線，他們決定在日本留學期間暫時不要生小孩，現在妙子又可以開始專心向學。

第一學期七月十日就結束了，雖然課程繁重緊湊辛苦，但兩人終究熬過，順利休業，接下來有五十天的暑假，他們不準備回台灣，想在東京附近旅遊。生長在日本殖民地的台灣，東京自小就是妙子的夢想之地，以前在課本上東京彷彿就是世界的中心，文化的頂點，妙子從來沒有想過有一天她真的有機會踏上這個夢想的都城，即使已經住了三個多月，對妙子言，還是感覺不夠真實。

妙子作了旅遊計劃，列了一張表，去的地方都是當天能夠來回的旅遊景點，那麼就不用花錢住宿旅店，午餐有時也可以請女傭早上幫他們準備便當，就可以省下午餐外食昂貴的費用，慶太沒什麼意見，他對小錢一向不太在意。

假期第一天他們去了淺草，而淺草神社是他們旅遊的第一站。神道是日本人的固有信仰，後來又與佛教結合，直到了明治時代才有神佛分離的法令，但是日本到處仍可見到這種「神佛習合」的歷史建物，例如淺草神社的神就是鎮守淺草寺寺院的守護神，而三社祭，據說在一六六〇年之前，一直是淺草寺和淺草神社共同舉辦的神佛混合的儀式。

日本神道以「潔淨」作為核心價值，神佛習合後，不論參拜寺廟或神社前，必須先在「手水舍」淨化手和嘴巴，象徵肉體與心靈的淨化。因此在這種潔淨觀念長期的文化熏陶下，日本街道一向乾淨整潔，世界少見，其神社寺院等觀光名勝，更是一塵不染，令人驚嘆。

妙子和慶太小時候在學校時就學過參拜神社的禮儀，所以當天妙子穿上留袖和服，慶太穿上和服外加羽織外套，非常慎重。神社被認為是神居住的聖地，而鳥居由兩根柱子和兩根橫木組成，象徵著神社的入口，作為聖地和俗世的分界線，淺草神社的鳥居是白色的，過鳥居後進入神社後要非常虔誠。遇手水舍，要先用右手拿著勺子，先洗左手，然後換勺子洗右手。最後在左手掌心上放入水，用嘴吸水，在口中浸泡後吐掉水。最後，把勺子豎起來，把柄用水清理乾淨，放回原來的位置，才算完成清潔的動作。

妙子記得學校教過經過神社時必須避開參道的中央，因為那是神走的道路，穿過參道中央的時候，也要輕輕地低下頭避開神。淺草神社有一對狛犬石像名為「夫婦狛犬」，並肩佇立，據說能保佑婚姻幸福，夫婦圓滿，妙子非常相信，要慶太和她一起虔誠祈願祝禱。參拜結束後，他們從鳥居出來後回頭，再向神社鞠躬。

然後他們轉到雷門，從雷門走上仲見世通，穿過寶藏門，走到淺草寺。整條路旅客非常多，非常熱鬧，最後又去逛了五重塔，惟一遺憾的是原為淺草地標的凌雲閣已經在關東大地震中毀損後拆除。拉麵店的老闆感嘆地對他們說淺草已經沒落了，市況比大地震前差太多了。妙子卻不這麼想，她覺得淺草還是很熱鬧，一定不會沒落的。吃過拉麵，他們沿著運河一路逛下來，晚上回到家時妙子和慶太發現他們的腳底都起了水泡，所以只好在家休息兩天才能出門。

整整五十天的假期，他們就這樣到處走走，幾乎把東京玩遍了。例如明治神宮，他們就去了三次，因為佔地廣大，約七十萬公頃，大致可分為神宮橋、酒樽、本殿、御苑和芝生廣場等處，樹木高大，花草艷麗，是散步消磨時光的好去處，他們每去一次都有新的發現和新的驚喜。另外慶太也很喜歡富岡八幡宮、上野東照宮、神田神社、新宿花園神社和位於東大附近的根津神社等等，各有各的特色。

此外，假期中最遠的，他們去了一趟日光。日光已經不屬東京都，而位在關東北部，是一個有山、湖、瀑布自然美景與神社景觀的旅地。雖然妙子不想花錢住宿，但在慶太的堅持下，他們還是做了一趟四天三夜的日光之旅，而且住在創建於一八七三年非常豪華的西式旅館金谷飯店。因為慶太說他聽說東京長大的小孩，常常以日光作為修學旅行的目的地，他不想錯過，而且東武鐵道日光線三年前才剛通車，坐火車從東京到日光的旅遊變得非常方便。

金谷飯店原是日光東照宮的樂師金谷善一郎將自家宅邸改裝為以外國旅客為客群的民宿，但妙子慶太此時所住的旅館已經不是最早開設由金谷家屋改裝的「武士屋」（英文稱 Cottage Inn），而是一八九三年善一郎買下河對岸的新土地所建立的金谷飯店本館。

本館是一幢非常西式的建築，大廳裝潢有仿自東照宮華麗的木柱雕刻和彩繪細緻的格形天花板，是和洋折衷派中少見的豪華建築。因為主要客群都是西方旅客，飯店的房間是純西式的，沒有和室房間，餐點也全都是洋食。[8]

雖然不是秋天紅葉滿山遍野日光最美的季節，六月中旬到八月初百花盛開時，日光也很適合遊人旅行。因為夏季的日光非常涼爽，所以成為當地著名的避暑勝地。他們是在八月初某天上午搭地下鐵到淺草，再從淺草轉搭乘鐵道東武線，妙子和慶太在火車上

8 經過百年，金谷飯店至今仍繼續經營。最初創業的那間由日本家屋改裝的民宿，則以「金谷飯店歷史館」的形式保留。

吃了女傭為他們做的壽司便當午餐，過午不久就在東武日光站下車，然後步行約二十分鐘到達金谷飯店。

飯店位在青山綠水邊，飯店的房間很寬敞，有一大床、一套書桌椅、兩個休閒沙發和一個小咖啡桌。房間附有私人的衛浴，裡面甚至有一個巨大的四腳鑄鐵浴缸，坐式馬桶，非常歐式風格，這些都是妙子以前從沒見過的。房間裡除了立燈，還有一個暖爐和一個非常巨大的窗戶，彷彿可以讓窗外無盡的山風綠意漫溢湧入屋內。

慶太看到浴缸就想好好泡澡，妙子從未見過浴缸，也覺得新鮮。所以他們兩人就在旅館泡了一個下午的浴澡。到了六點整，旅店的鋼鈴聲響，向顧客傳達晚餐時間已到的訊息，妙子和慶太才起身前去餐廳用膳，餐廳的客人真的大多數是西方洋人。他們點了最有名的嫩雞炸肉餅和加螃蟹肉的尼沙梅爾炸肉餅，也就是日後被稱為大正可樂餅套餐的名菜。因為飯店有畜牧業部養牛，所以飯店供應的牛奶和奶油，都是自產的。

妙子終於知道為什麼慶太堅持非來日光不可，東京人多地窄，十分吵雜。日光真的是鄉下地方，居民打扮也十分土氣，但大自然景觀清秀壯麗，高山大樹，綠川紅花，天寬地廣，令人心曠神怡，連飯店的大廳房間都蓋得很寬大。

第二天他們想去中禪寺湖，從日光市通往中禪寺湖約二十五公里，聯接兩地高速公路於一九二九年才開通，而且是金谷飯店投資拓建的，金谷飯店擁有十四台T型福特汽車，為了讓汽車可以通行，特地將馬路寬度擴大到三・五公尺。妙子對T型福特汽車有著深刻的印象，因為二姊結婚時她曾經坐過。這次慶太就雇了一輛T型福特汽車載他們環繞中禪寺湖旅遊一天。

從日光市到中禪寺湖這段路，在高速公路開通前，其實是山路古道，非常難行。即使高速公路開通後，尤其是馬返到中禪寺湖這段路，由於有四百四十公尺的高低差，所以順著古道興建的路轉彎特別多。這段路稱伊羅哈坂（いろは坂），是觀賞紅葉名所。因為伊羅哈坂原來是為了參拜男體山而攀登的神聖道路，所以明治五年以前禁止女性和牛馬進入。這段道路可分為第一伊羅哈坂和第二伊羅哈坂，都只能單向通行。第一伊羅哈坂是從中禪寺湖到馬返的下山道，共有從「な」到「ん」二十八個轉彎。第二伊羅哈坂是馬返到中禪寺湖的上山道，共有從「い」到「ね」二十個轉彎。第一伊羅哈坂和第二伊羅哈坂合計共四十八個轉彎，光看數字，就可以想像會有多驚險。

不過司機非常有經驗，所以妙子在車上並沒有驚恐的感覺，只是偶而會因為轉彎而感到頭暈，但看到遠方的道路像扭曲的繩索捲捲地鋪在碧綠色的山上，就覺得有趣。妙子可以想像到了秋天，多彩的楓葉綴在山頭會有多艷麗。

司機開著開著就唱起〈伊羅哈歌〉（いろは歌），很短好唱，很像童謠，妙子認真聽，記下了歌詞：

顏色香味，終會消失散落
我們這個世上誰不是這樣
因緣巧遇的奧山，我今天越過
淺夢人生，還沉醉不醒嗎？

歌詞非常有禪味，曲調好聽，慶太和妙子也很認真學唱，覺得這是此次旅程中很有意思的回憶。[9]

他們到達中禪寺湖時已近中午，中禪寺湖位於奧日光入口處，海拔超過一千兩百公尺，雖已仲夏正午，卻很涼爽，避暑勝地果真名不虛傳。它是一個大湖，湖岸線總長約二十五公里，最大水深為一百六十三公尺，是兩萬多年前由男體山火山熔岩噴發所形成

---

9 いろは歌，日文歌詞原為「色は匂へど　散りぬるを　我が世誰ぞ　常ならん　有為の奥山　今日越えて　浅き夢見じ　酔ひもせず」，傳說作者是空海大師。

的堰塞湖。湖水寧靜，水波不興，青山碧樹伴隨天空流雲倒影成畫，色澤光影隨著時序日照而變化萬千。從明治二十年代開始，中禪寺湖畔建造了不少外國大使館的別墅，成為聞名海內外的避暑旅地。

中午他們停車在中禪寺前，大紅鳥居非常醒目，司機肩背著德國徠卡相機，手帶著餐廳為他們準備的餐包飲料，領著他們在湖邊的木桌椅上野餐，海鮮三明治中有魚有蝦，包裹在美奶滋洋芋醬中，非常美味，他們和司機大口喝日本麥酒，一邊聊天。

司機告訴他們等一下要去的華嚴瀑布是自殺勝地，他講述自己親身碰到的相關案件，說得眉飛色舞。妙子則對男體山的神話比較有興趣，司機見此又講了很多當地的傳說，增加了妙子對於對岸青藍山脈的神祕想像。最後司機為他們在中禪寺和中禪寺湖前都照了相，還讓他們乘坐的T型福特汽車一起入鏡。

下午司機帶他們在幾個著名景點遊覽，司機不等傍晚晚霞出現就急著開上第一伊羅哈坂返回日光，慶太妙子都覺得意猶未盡，夫妻相約楓紅季節一定要再來。回到旅館後，晚餐時妙子選了法式料理「日光彩虹鱒魚」，而慶太則選了熟成羔羊，晚上兩人泡澡時都覺得玩得很盡興，但是妙子算了一下花費，不禁驚嘆真是非常昂貴的一天。

第三天上午他們打算去東照宮，早餐後兩人就外出走過紅色神橋，其實東照宮離旅館非常近，走不到十分鐘就到了。東照宮供奉德川家康的神位，建於十七世紀初，現在大部分的建築都是一六三六年由德川家光重建的，裡面有五千多個「三猴」和「睡貓」的華麗雕刻，慶太非常喜歡，看得很仔細。

下午他們到輪王寺和二荒山神社逛了一圈，天色漸漸暗淡，就回到旅館晚餐，他們泡完澡才入睡。日光的旅遊對年輕的妙子言，是一個不曾奢望過的奇妙旅行，精緻奢華，極盡官能享受。妙子對慶太的大方是很感恩的，他不自私，很願意和她分享美好的生活，帶給她難忘的經驗，當然這都是要花大錢買的。

從日光回家後，妙子感覺不安，來日本才四個多月，已經玩過那麼多地方，與其說他們來東京留學，不如說是來東京旅遊來的比較貼切。她跟慶太說是不是玩太多了，好像是專門來日本玩的。沒想到慶太一口就承認他當初想來東京求學，其實真正的目的就是想來旅遊的。

妙子知道他對齒科醫學沒什麼興趣，尤其上了一堆解剖學，常讓他很不舒服。這一個多月來一直在旅行，慶太就很快樂，他對歷史文物很有興趣，每到一個神社皇宮就會研究很久。

到了八月中還未收到姑丈的匯票，妙子有點不安，如果不是去這一趟日光，下學期的註冊費其實是夠的，日光這一趟真是非常昂貴的旅行，妙子想到花費就感覺罪惡。

慶太一點也不著急，他說還早，過幾天爸爸就會寄錢來。姑丈和大姑一向給錢給得很大方，出國前姑丈給他們錢時，大姑還在旁邊叮嚀，要姑丈多給一些，她說如果妙子懷孕，在日本生小孩就馬上要用錢，姑丈說到時候再寄就好了。

果真過了兩天，妙子就收到了姑丈寄來的錢。妙子放心了，於是他們又開始尋找下一個旅遊景點，假期最後十天，得好好利用。

九　理想的幻滅

妙子和慶太在日本留學第二學期基本上課程和第一學期差不多，只是解剖相關的課程兩人都增加了，慶太也開始製作石膏齒模的課程。十月中東京地區的樹葉開始由綠轉黃，到了十一月底不少地方已經紅葉「見頃」，但慶太和妙子的功課十分繁重，即使週末也有很多沒有做完的功課待作，需要唸的講義筆記好像永遠讀不完，沒有空閒時間可以去賞楓賞銀杏，妙子只能抱憾心中。[10]

這學期慶太也開始齒模製作技工技術的練習，這時妙子才發現慶太的手藝笨拙地超乎想像，每次慶太把未做完的石膏模型帶回家都離譜地教妙子吃驚，好幾次妙子不得不

[10] 見頃，日文，意即正好看的時候，正值觀賞的時節。

晚上熬夜為慶太修改模型作品，第二天慶太才勉強得以繳交作業。

慶太跟她承認，小學、中學上工藝課時，他的工藝作品幾乎都是同學幫忙作的，他的人緣一直很好，總會有人幫他做好，有的時候甚至做的太好，還曾經獲選參展，這些大姑和姑丈都不知情。

捱到十二月中旬，總算學期結束，兩人都順利修業。慶太又開心地計劃冬季的旅行。東京冬天不一定會下雪，晴朗乾燥的天氣居多，但是非常寒冷，一般日常都在攝氏七度上下。房東家並沒有暖氣，但有火缽，清水太太向他們解釋因為今年冬天還不夠冷，所以至今尚未使用火缽。

對於來自亞熱帶的妙子，東京的冬天讓她難以承受，尤其晚上上床時雙腳總是冰冷，很難入睡。但慶太就適應得很好，妙子常笑他油脂多，可以防寒。晚上當妙子輾轉難眠時，慶太會把她冰冷的雙腳夾在他火熱的雙腿間，妙子的雙腳就會慢慢變得溫暖，然後才能入睡。當慶太提議假期間去泡溫泉時，妙子立即欣然同意。

因為大正之後，日本鐵道發達，他們想去的伊香保溫泉和草津溫泉都是坐火車從東京就可以抵達的。假期第三天一早他們就在東京坐火車到高崎，轉車到澀川，再轉車到伊香保。他們在車上吃過壽司便當，中午時分便抵達目的地。

日本小說家田山花袋在一九一八年時，曾在他為伊香保溫泉旅遊宣導的導遊書《伊香保指南》中這樣記錄：伊香保町的特色是湯泉從上面湧出，然後在山丘上透過鐵管分發溫泉給各個旅社，因為旅舍依山而蓋，所以從任何旅館都能眺望山景。溫泉街上石階重疊在石臺上，賣伊香保名產的商店、旅館和料理店等雜亂排列。這是一個充滿溫泉情緒的溫泉地，溫泉街的所有構成要素全部齊全，連娼妓也有三十人。田山花袋描述寫實，百年來景觀依舊。

慶太和妙子出了伊香保車站不久，就走上陡峭鋪有石塊階梯的溫泉街街道，朝著天際拾級而上，走了一百多階，慶太提著行李已經累了，就近選了一個特別標有雙人風呂的旅館，這家旅館建築得華麗別緻，價錢並不便宜。進到旅館，妙子看到也有像他們一樣的男女，雙雙對對等著入住，也有年輕女人看起來像娼妓，伴陪著年紀大很多的男人入住，但全都是日本人，氣氛和之前在日光時看到很多的洋人很不一樣。妙子和慶太換上和服木屐，沒有人會以為他們是外國人，所以感覺很自在。

旅館的房間是個頗大的七疊間，榻榻米上還放了兩個西式沙發和一個小茶几。浴室也很大，浴池上有一個可以放下竹簾的大窗戶，正對著壯闊的上州群山絕景，視野遼闊，景觀秀麗，難怪這家旅店即使價錢昂貴依然門庭若市。因為天氣頗冷，妙子迫不及待進入浴池泡湯。伊香保的名字據說來自於原住民愛努語的「魷魚湯」，與上州名產魷魚和燃燒的火有關。這個解釋讓妙子不禁想像他們是兩條慵懶的魷魚，在滋味濃郁的巨人濃湯中慢慢燉煮，很有醉生夢死的頹廢感。

在伊香保兩天後，他們再轉往草津溫泉，草津溫泉泉水溫度過高，因此用木架隔出了湯畑，一方面引流溫泉，另一方面助於散熱。湯畑在冬天裡氤氳迷濛，猶若仙境，湯畑旁有不少免費的露天足湯亭，可以隨時供人泡腳，泡完腳後很長時間可以維持著身體溫度，既有趣又溫暖。妙子他們在草津溫泉兩天，不是泡湯，就是舒適地眠睡，慶太非常享受這種鬆弛放空的感覺，他覺得很像以前打完球後鬆垮地躺在草地上的滋味，而一向拘謹的妙子也受到影響，慢慢地感受到這種任情縱慾頹廢的快感，在寒冬中享受著撩人欲醉的火熱溫暖。

回到東京後翌日，東京下了大雪，這對妙子和慶太而言，兩人都是初次體驗，當妙子發現陰暗的天空開始飄雪時，她馬上告訴慶太，兩人立刻穿上大衣步出戶外，不畏寒冷，伸手捉雪，非常興奮。但雪停放晴後又過了兩三天，室外積雪經過踩踏結成薄冰，變得非常溼滑，行人在路上根本寸步難行，一不小心就會滑跤，非常危險，所以他們只好儘可能待在家中，祈禱新年過後開學時能夠雪融乾淨。

因為下雪，清水太太要女傭燃起火鉢，室內變得比較溫暖，因為新年快到了，除了在門口擺上綠色盆景「門松」外，清水家開始年末大掃除，慶太妙子也幫忙清掃打理。當天晚上清水太太要女傭買了豬肉，煮起了妙子非常喜歡的壽喜燒，四人一起圍爐，吃得非常滿足。清水太太知道妙子怕冷，送給妙子一個清水先生的舊銅製熱水罐器，還教妙子如何在床上使用。

到了年末十二月三十一日的「大晦日」，清水太太邀慶太和妙子在接近午夜十二點時一起吃了有炸蝦的跨年蕎麥麵（年越しそば）。十二點一到各地的寺院同時敲鐘連續一百零八響，而第一百零八下就在過年的零時整敲下，稱為「除夜之鐘」，意欲要將晦運除去。此時妙子受到這種宗教氛圍的影響，不禁很虔誠地合十祈禱，願天神保佑她和慶太學業順利，身體健康，也保佑在台灣的大姑、姑丈平安健康。

開學後果然雪融了，雖然天氣依舊寒冷，但路變得好走。妙子很快就適應了新課程，下午的技工課程依然繁重，但妙子和她的密友依然每天一起工作聊天，非常快樂。

慶太的求學路途就沒有如此順利，數學、物理、化學這些他很容易應付的基礎課程已經結束，此後課程除了病理解剖學外，比重最多的是補綴學，也是讓他非常頭痛的課程。

一九三〇年代的牙醫和九十年後今天的牙醫不管是工作內容和學校課程已經大不相同。一九三〇年代牙齒矯正學和口腔外科手術才剛萌芽，非常不成熟，而當今最基本的牙科治療項目如根管治療和牙周病治療在當年卻是極具爭議的醫療方式，尚未正式進入牙科醫學的教科書中，而植牙、洗牙的技術更是聞所未聞，尚未發展，所以當時牙科醫師能做的工作主要以拔牙、補牙和鑲牙為主，而專門技術的傳授除了齲齒的診斷外，著重於牙洞的填補和假牙的製作鑲嵌。當今所有鑲牙師，齒模技術員和牙體技術師的工作在一九三〇年代都是牙醫師的主要工作。

慶太的齒科專門課程中，補綴學幾乎佔去一半，這學期他必須用石膏做出各種牙齒的模型。慶太手藝笨拙原是不爭的事實，雖然他努力學習，想要做好成品，但總是事倍功半。慶太每次把做好的成品帶回家，妙子總覺得不大對勁，忍不住要幫他修改。一年級第三學期和二年級的第一學期都在妙子的幫忙下，慶太順利卒業了。

雖然四個學期都順利休業，妙子心裡開始產生懷疑，以慶太這麼糟糕的手藝，縱使齒科學業能順利完成，將來他真能成為好的牙醫師嗎？他真的有能力幫病患鑲牙補牙嗎？她非常疑惑，卻不敢將心中的懷疑讓慶太知道，質疑他等於打擊他的信心，她又能怎麼辦？如果不繼續唸下去，慶太還能怎麼辦？

暑假終於來了，他們訂好七月十二日的船票準備回台灣。回台前，妙子特地到本鄉通的一家美容院，作了人生第一次的燙髮。他們又去了百貨商店給大姑、姑丈、大姊和二姊兩家每人都買了禮物。回台時他們已經失去第一次搭船的新鮮情緒，在神戶搭船時他們買了二等乙的四人上下舖船艙，和另一對在京都留學的台灣夫婦同艙。因為期末考試和長途火車旅行疲累的關係，妙子和慶太一路幾乎都在昏睡中。

很快地四天三夜的航程結束了，在基隆下船時，他們發現姑丈已經在碼頭等待他們。然後他們直接坐了火車直奔台南，近午夜才回到家，一年多不見，大姑和姑丈都非常想念他們，大姑看到妙子沒有帶著嬰兒回來，也沒有懷孕的跡象，有點失望。她不知道妙子為了避孕，費盡心思。

姑丈原是美食家，現在退休在家，就專心研究廚藝，為了他們回來，他騎腳踏車騎得老遠，到自己的佃戶魚塭，撈魚抓蝦和螃蟹回家煮，妙子和慶太每一餐都吃得很有滋味。大姊和二姊兩家人陸續回來看望妙子他們，家裡呈現很久不見的熱鬧氣氛，姑丈和大姑都非常開心。

五十天的暑假過得匆忙，很快就近尾聲了，他們又得回日本，這次慶太決定提早一星期回去，然後在神戶下船後，又坐火車到大阪、名古屋、靜岡各地遊玩，最後才回東京，這些城市其實都是他在南二中修學旅行去過的地方，他想帶妙子經歷一下。他從不忘旅遊就是他來日本留學的初衷，玩得理直氣壯。這次他們在每個城市火車站旁的旅社各住一兩夜，妙子後來發現他們在每個城市只是蜻蜓點水，匆匆走過，總覺得餘興未盡，期待未來再遊。不過也因為每天火車坐的時間不長，回到東京時，不會很疲憊，仍然精神抖擻，神采奕奕。

十 異地留學與旅行的終曲

慶太和妙子回東京不久學校就開學了，接下來的兩個學期，兩人都有金屬義齒和金屬瓷冠製作的課程，所以兩人得常常留在學校實驗室熔金冶銀。對於冶金技術慶太倒是很有興趣，比起雕刻齒模，冶金似乎容易得多，但是最初雕蠟的工作，慶太還是需要妙子幫忙修改，之後的包埋蠟形、脫蠟，他就做得很起勁。所以二年級的課程兩人也都順利休業。

慶太讀到三年級第一學期時遇到真正的困難，妙子一點也幫不上忙。補綴學實習課「固定義齒」的實作考試，慶太達不到老師要求的水準而被當，另外製作活動義齒的「全口排牙」實作考試，也因為無法完成上下顎的順利咬合而不及格。這兩門課都是實作的課程，考試時慶太必須要用自己的手藝真本事當場實作，旁人無從協助，及格與否也是當場就被確定。慶太雖然很認真，但是手藝太差，很快就被老師確認不及格，結果已經無可挽回，慶太也只能等待下一年再修。

慶太因為兩門科目被當的關係，心情極為低落，即便暑假到了，也無心計劃旅行，他的情緒低潮到什麼事都提不起勁，這讓妙子非常擔心。慶太內心隱約地感覺，齒科可能不適合他，他其實已經很盡力，可是就是無法將義齒放在對的位置上，即使明年再修，他也沒有把握可以通過。可是不繼續唸下去，他又能怎麼辦？

慶太想到的問題，妙子一年前早已想過，可是至今依然困擾他們。妙子只能鼓勵他，再嚐試看看，既然已經修完兩年的課程，現在說要放棄也很可惜。妙子有時也會後悔，最初開始作石膏模型時就不應幫慶太修模，如果那時慶太被當，當下決定放棄繼續修習齒科學程是比較簡單的選擇，到現在已經修完解剖學、組織學等等艱難的學程，再談放棄，談何容易。

暑假快到了，因為早已決定不回台灣，雖然兩人心情都不好，妙子還是決定暑假中他們要去旅行。既然慶太被當已成事實，與其在家難過傷心，不如去外地旅遊，轉換心情，儲存能量，期待下學期再繼續努力。而且慶太喜歡旅遊，外地旅行時，他心情一向很好，就會非常溫柔體貼，展現紳士風範，夫妻感情也會變得很好。

慶太東齒醫專有一位來自北海道小樽的同學長谷川蒼，他邀請慶太夫婦暑假中免費乘坐他家的貨船到他的家鄉遊玩，妙子不假思索就建議慶太接受邀約，所以學期結束，慶太夫婦就決定隨著蒼回家而到北海道旅遊。

北海道那幾年是日本新興的移民熱點，北海道原是愛努原住民的故鄉，在十九世紀才陸續成為日本的領土，一八六九年，日本政府設立開拓史治理北海道，從此北海道開始進入大規模開發時代，設立不久的札幌農學校也在一九一八年改制為北海道帝國大學。

小樽在北海道北岸，離東京很遠，交通也不便利，一九二二年京都舞鶴港和小樽港間才有航路開通。蒼告訴他們兩週後蒼的父親所投資的一艘輪船將到舞鶴港卸貨，然後返回小樽，蒼便邀請他們到舞鶴乘坐這艘貨船一起到小樽旅遊，只是貨輪較小，起居設備比較簡陋，遠不如一般客輪舒服。

這是非常難得的機會，當年北海道旅遊業還未興起，若不是長谷川家有貨輪航行，一般人不容易去小樽旅行。因為這趟旅行來回都必須經過京都，妙子提議從北海道回到舞鶴港時，他們可以在著名的京都繼續旅遊。

其實去年暑假從神戶回東京前，他們也曾經想在京都住一晚，但覺得一天的旅遊對古蹟文物如此豐富的古都而言實在倉促，怕只有浮光掠影的印象，索性就放棄了。現在慶太正逢情緒低潮之際，京都是個有著濃郁日本平安時代風情的古城，貯育豐碩的文化底蘊，妙子相信京都旅行可以給予慶太深刻的知性感受和情感的刺激，遠離快要陷落的憂鬱情緒，滋養慶太此刻枯槁的心靈。

去北海道前這兩週閒閒無事，妙子就提議到東京帝大的圖書館借幾本與北海道或京都相關的書籍閱讀，後來他們發現和北海道相關的書籍很少，只能找到描述京都生活的古典小說，其中最有名的是紫式部的《源氏物語》、和作者不詳的《榮花物語》和《大鏡》三本名著，雖然文字艱深，有時不容易理解，但兩人因為太久沒有機會讀小說，都讀得非常入神，沉浸在古老的時代氣氛中。

這三本小說都是平安時代的小說，地點都在京都，記載了平安王朝皇室家族在京都生活的故事，作者的生花妙筆，極盡所能描述古都曾經的繁華盛世，讓妙子感歎生不逢時，遺憾無緣目睹，這些閱讀也為他們作了京都行前的歷史介紹。

去京都舞鶴那天，他們和蒼一起坐了五個多鐘頭的火車才抵達京都車站。自明治十年（一八六九年）京都車站開站，鐵路從神戶經大阪開到京都，第一代京都車站是純西式建築，以鐘樓為中心配置的兩層樓紅色磚造樓宇，這個鐘樓塔外形和現今英國倫敦國

王十字車站的鐘樓（King Cross Station）十分相似。京都車站因為面向七條大街，所以又叫七條車站（ひちょのステンショ）。

當他們一九三三年造訪京都車站時，原始的七條車站已經在大正三年（一九一四）改建為第二代木製車站，二代車站則是一個文藝復興風格的建築，中央有一個外掛鐘錶的兩層樓建築，建築物本身並沒有左右對稱，而在西側建了一個高聳的別樓，作為皇室專用的貴賓室。車站的主建物都是由檜木製作，而窗框和天花板則使用櫻桃木，製作過程中特別在木製上塗上了砂漿，在建築腰部砌上了磚，作為裝飾。內部裝修也非常精緻，由著名的抹灰畫家裝飾，照明設備也是根據房間、場所而作不同的設計。妙子和慶太看了都讚不絕口，木造的站房雖然不如東京磚造的車站雄偉，但更有古都雅緻的風味。

出了車站，妙子發現京都和東京也呈現了分屬不同年代的風情。京都城中沒有有線電車，汽車也不多，路上行人很少看到穿著洋服的男女，絕大多數的京都人都身著傳統和服，而且色澤華麗，質料細緻，顯示這是個相當富裕的城市。若不是偶而駛過的汽車，真會讓人誤以為還生活在江戶年代。

他們才走出京都車站，蒼父親公司的汽車已經在外等候，司機看到蒼便前來載他們前往舞鶴港。一到港口，汽車直奔碼頭，原來船早已裝卸完畢，似乎專程等候他們起航。

他們坐了幾乎一整天的船，搖搖晃晃終於到了小樽，一下船，蒼的父親即在港口迎接他們，然後開著甫自美國進口的大型通用汽車送他們到色內大通上剛剛蓋好的新家。長谷川一家人在十九世紀末才由四國移居小樽市，原為漁夫的父親改行開設魚粉工廠，近年事業非常成功。長谷川的新家離「北方華爾街」之稱的日銀通不遠，蒼也是第一次來到這個新家，父母親已將他在舊家的所有物品打包裝箱搬到他的新房間，要他在暑假中好好整理。

蒼是家中最小的小孩，他的兩個哥哥和三個姊姊都已經結婚，除了大姊二姊，其他人都不住在北海道，蒼的母親是個非常熱情的女人，午餐準備得非常豐盛，幾乎都是海鮮，非常可口鮮美。午後，蒼帶他們到日銀通和堺町通商業區閒逛，大型銀行如日本銀行、三井銀行、安田銀行、第一銀行在此地都有分行，簇新的建築精緻華美不輸東京，具有石造、圓柱、挑高等巴洛克風格的宏偉特色。只是街頭行人不多，穿著也遠不如東京人或京都人那麼華麗講究。蒼的女友洋子高女畢業後，就在堺町通的家族企業工作，他們最後等到洋子下班才一起到市區餐廳吃晚餐。

第二天慶太載著妙子和蒼三人騎兩輛腳踏車到小樽港厩町岸壁釣魚，蒼說小樽港厩町岸壁是全小樽最理想的海釣場，蒼每年暑假總會來這裡海釣個幾天，直到家裡的魚多到吃不完為止。蒼果真是海釣高手，一下子就釣到了海鰻和蝦虎魚，後來又釣到沙丁魚。慶太也不差，不久也釣到了沙丁魚和蝦虎魚。妙子就差很多，好不容易感覺魚餌被咬住，才想拉起來，魚就跑了。

中午他們就在海邊吃蒼的母親為他們作的飯團，內餡包有多種魚肉，非常好吃。飯後不久他們就釣滿了半桶魚，連妙子都釣到蝦虎魚，大家釣得非常起勁，蒼把魚桶掛在腳踏車上，他們在海邊騎車繞了一大圈才回家。晚餐的時候蒼表演了小提琴獨奏，慶太對他刮目相看，沒想到在學校很安靜的蒼，如此才華橫溢。

第三天，蒼的父親邀請他們參觀他的工廠，規模宏大，出乎妙子的意料。原來每年三月至五月間，成群的鯡魚會從庫頁島南下至北海道產卵，漁船使用鯡魚專用的定置網捕撈這些迴游的鯡魚。捕獲的鯡魚上岸後，進入漁場的「番屋」進行加工處理，首先依大小分級，大隻留作生食供市場販售，有魚子的母魚剖開魚肚取出魚子作成魚子醬，魚殼製成魚乾，其他較小隻的鯡魚加熱煮熟後，先榨出魚油，再將剩下的魚粕反覆曬乾打碎成粉狀，製成魚粉，作農業肥料使用。工廠非常現代化，妙子大開眼界，覺得很佩服。

晚餐時洋子也來了，蒼的父親倒了威士忌給大家喝，喝了酒有點醉意的他又驕傲又傷感地說：「小孩就是書讀得太好，所以都不在身邊。」原來蒼的大哥在京都同志社大學物理系教書已經升了講師，二哥在大阪帝大讀了醫科，畢業後就在當地娶妻生子，現在正在岳父的醫院裡工作。蒼的父親很期待蒼明年畢業後回到小樽開業，他說搬到這個新家也是為了蒼，這裡其實是商業區域，所以稅金昂貴，一樓將來可以讓蒼開診所。

蒼的父親一面說，一面看著蒼的女友，洋子也一直點頭回應他。

第四天是星期六，洋子放假，洋子已經學會開車，所以蒼和洋子就決定帶慶太和妙子開著蒼爸的通用新車到札幌玩，她三哥住札幌，她家在札幌也有倉庫和辦公室，晚上他們四人可以睡在辦公室二樓的臥室。

札幌是個人口稀疏，規劃整齊的新都市，道路像棋盤一樣整齊，尤其是站在大通公園望過去，整個城市彷若一個大花園，非常特別的規劃。往北走不遠有一座美輪美奐的巴洛克大建築是北海道廳，也是札幌唯一的政府建築物，前面有廣大的花圃，色彩艷麗，非常歐洲的感覺，在日本其他城市少見。中午洋子的三哥請大家在市區餐廳吃飯，妙子對北海道餐廳的印象就是幾乎都是海產，生魚片種類特別多，分量也很大，雖然刀功盤碗不若近畿關東區考究，但食材非常新鮮好吃，價格也相對便宜。

下午，洋子帶領他們到伏見稻荷神社、円山公園、北海道神社，最後到北海道帝大，景緻極為優美，但遊人稀少。

晚上他們住在洋子家的辦公室二樓，那裡有兩間六疊間榻榻米房，還有一個共用衛浴，妙子和慶太睡一間，洋子和蒼一間。這樣的安排叫妙子很吃驚，妙子和慶太是夫妻當然同住一間，可是洋子和蒼連訂婚都沒有，洋子的三哥和蒼的爸爸早就知道會這樣的安排，好像都不以為意。日本人的性觀念如此開放教妙子非常驚訝，慶太倒不覺得太詫異，他跟妙子解釋一夫一妻制其實並不是日本的固有傳統，日本人對女性的貞操觀念也遠不如台灣和中國那麼嚴苛，日本一直有「夜這い」的傳統，一直到明治之後才明令禁止，可是鄉下地區恐怕到現在都還存在。[11]

慶太戲謔地說：「北海道可是個很鄉下的地方。」

妙子突然想到之前在《源氏物語》裡一再讀到關於光源氏夜訪女性的情節片段，她問慶太這不就是「夜這い」的習俗嗎？慶太點頭稱是，他還跟妙子開玩笑，早知道「夜這い」這麼容易，當初娶妙子時，根本不需要那麼麻煩，那麼多儀式，也不用像光源氏還要騎馬兩三個小時，他連出門都不用，在家裡夜爬一下就可以了，講完後立刻被妙子

11 古代日本實行訪妻婚，夫妻分開而居，丈夫會到妻子之住所探訪。夜這い／よばい（yobai）指半夜以性交為目的到他人睡覺之處的日本夜訪習俗，大部分是男性夜訪女性住所。中文也有人翻譯成「夜爬」。

手捶了好幾下。

妙子想想也覺得有趣，原來「夜這い」是日本非常古老的傳統，她一直以為日本在明治西化以後才有比較開放的性觀念，但慶太並不同意妙子將「夜這い」浪漫化，等同於西方的性開放的觀念，他認為這裡面還是有強姦或是半強姦的強制性行為存在，並沒有充分考慮女性意願的問題，和西方單純的兩性平等的性行為開放是不同的，所以法律上還是應該禁止的。

慶太又說其實日本古代女性是非常強勢的，日本的天照大御神其實是女神。天照大御神也就是太陽神，是三重縣伊勢神宮所祭祀的神祇，在神道教中被奉為日本天皇和皇室的始祖，是八百多位神中位階最高的神。在古史《日本書紀》中天照大御神被她的弟弟素戔嗚尊稱呼為「姊」，因此一般被視為女神。之後的推古天皇、皇極天皇、持統天皇、元明天皇、元正天皇也都是女帝。從《古事記》和《日本書紀》書中看來，日本古代的天皇不一定都是男性，女帝似乎還更多。[12]

慶太又說，日本到了平安王朝，受到中國文化的影響，男尊女卑才成為社會規範。

[12] 見〈日本文學裡的女性~以上代及中古為主〉陳明姿著。台大日本語文研究；二十九期（二〇一五／六／一），p.1-22。

妙子從沒聽過這樣的說法，對慶太的博學，對日本文化研究深入相當欽佩。

翌日一早，洋子載他們往南去探訪支笏湖。支笏湖是日本最北端的防凍湖，很少結冰，因為缺乏氮和磷，少有浮游生物，又因周邊被森林包圍，很少有泥沙流入，所以透明度非常高，湖水呈現極度透明的藍色。洋子開著車繞著湖半圈，然後帶他們去旅館洗溫泉，而且在旅館的男女分開的露天溫泉池裡泡湯，可以看到不遠藍色的支笏湖，晴空映照，有如寶石透亮，熠熠發光。午後他們結束旅遊返回小樽，等他們回到蒼的家時，天色已全暗了。

因為等待船期回舞鶴港，妙子和慶太在長谷川家又待了三天，最後這三天隨著蒼無特定目的地到處走走看看，他們參觀了蒼以前讀的小學和中學，也到蒼的舊家附近河川旁閒逛，妙子感覺非常自在寫意，對蒼的好感度大增，因為蒼總帶給人平靜安定的感覺。

最終船來了，他們結束了此次難忘的旅遊，對北海道原本蠻荒落後的刻板印象有了巨大的改觀，告別了長谷川一家，謝謝他們熱情的招待後，妙子和慶太就乘船啟程回京都舞鶴。

到達舞鶴後他們在京都待了整整十天，訪遍京都重要的寺社宮殿，如清水寺、金閣寺、銀閣寺、南禪寺、平安神宮、醍醐寺和伏見稻荷神社等等。因為京福電氣鐵道通車不久，他們還去嵐山住了一夜。他們縱情地徜徉在懷古幽思中，一切都那麼卓絕美好，讓人驚嘆。

當然歷史上京都也不是個永遠繁華富裕的都市，妙子記起在芥川龍之介的筆下，平安京也曾經是恐怖屍城，《羅生門》指涉的時代應是平安時代的下半葉，十二世紀「保元之亂」和「平治之亂」時期，那時平安京城內亂戰事頻仍，生靈塗炭，民不聊生，紛紛淪為盜匪乞丐，後來又遇大火，半個京城化為廢墟。羅城門破敗失修，便成為小說故事的時地背景。妙子和慶太在遊覽東寺時，便因《羅生門》一書之故，順道去羅城門遺址弔唁，但他們到達時，只看到一根石柱標示遺址孤零零地立在公園中，完全無法和舊日城門產生任何聯想，令妙子非常失望。

但無論如何，自七九四年桓武天皇遷都平安京到一八六八年明治天皇奠都東京為止，京都長達一千多年都是日本的首都，雖然大多數的建築都是木造的，極易被火焚毀，但至今留下古老的雄偉建築依然很多，他們走在這些百年甚至千年以上的老舊建築中，彷彿走進另一個古老的年代，竟讓慶太完全地忘記了他在學業上的挫敗，現今的痛楚。

回到東京只剩兩個多星期就開學了，妙子慶太兩人每天去東大圖書館借書讀書，午後到小石川後樂園散步，好不愜意。妙子幾乎確定慶太心境已經完全恢復健康，她才放心。

三年級的第二學期幸運地慶太和妙子兩人都順利結業，但是第三學期時，慶太在保存療法學的實作課中被教授當掉了，這門課主要是學習移除蛀牙，然後修形，最後修補。修補的方式有兩種，第一種直接用銀粉補牙，另一種必須先打模型，然後鑄造金屬鑲嵌體，再將鑲嵌體黏回牙齒的窩洞。他們在模型上實作考試，但很不幸地慶太在修補鑲嵌體時無法達到教授的要求，所以被當了。其它不用實作只要筆試的學科，如矯正學、診療學、耳鼻喉科學、眼科學，慶太都可以應付而勉強通過。

接著第四年的第一學期，慶太重修了的兩門補綴學的課，但是依舊因為無法達到標準而無法通過，因此接下來的患者臨床實習課程就無法修習。一九三四年暑假就到了，他們原計劃回台灣的，卻因為慶太學業不順利，不知道如何面對大姑和姑丈而猶疑不決。

就在暑假開始不久，清水太太突然被送進醫院，慶太夫婦還來不及去醫院看她，就聽說清水太太在醫院過世了。女傭不等喪禮舉行已先行離去，妙子和慶太開始要自己買菜作飯，因為不熟悉當地的市場狀況，所以非常忙亂。因為清水夫妻沒有子嗣，所以他們很困惑，將來房租要繳交給誰？終於兩個星期後繼承人出現，清水太太的姪子來檢視房地產時，他告訴慶太他計劃把房子賣掉，他們只能再住兩個星期。

慶太和妙子慌了，他們開始急著找尋附近的租屋，還好發生在暑假，很多學生回去家鄉，空房間還不少。最後終於在裕美靠近帝大的租屋附近找到一個學生公寓，裡面也住有不少台灣留學生，他們租下的也是間六疊間，但不供應三餐，而且沒有洗澡間，價格十分低廉，但環境也差很多。還好新家離公共澡堂只有十分鐘的路程，東京天氣比較寒冷，除了夏天七八兩個月外，大多時候不大會流汗，所以也不需要天天洗澡。但是十個房間只有四個公用廁所，沒有私有廁所，這就讓妙子和慶太非常不滿意也很不習慣，但是迫於搬家時間的壓力，也只能忍耐接受。

等新家安頓得差不多了，暑假也結束了，學期又開始了。慶太這兩個新學期除了保存療法學實習課需要補修外沒課可上，沒課的時候慶太只好在外遊蕩。妙子去上課時，他就去帝大的圖書館看報借小說讀，也去銀座看電影，甚至和剛認識的幾個台灣留學生到麻將館打麻將，一起去銀座酒店喝酒，這讓妙子非常生氣，可是也無能為力。

這種感覺妙子其實很熟悉，她想到小時候看到慶太每天關在書房補習，非常痛苦，自己卻沒有能力幫助他，現在的情況似乎是一樣的。幫助翔平就很容易，妙子突然想到翔平。翔平很聽妙子的話，她要他做的功課，他一定做好，要他背的書，他絕對不會不背。慶太不一樣，他潛意識裡有著強烈的優越感，尤其面對妙子時，要他聽妙子的話，幾乎是不可能的。

妙子的學業進行得非常順利，一九三五年六月結束臨床實習後，她完成所有的學業，也拿到日本政府核發的執業執照，但是慶太仍有三門課未修畢，因此無法參與臨床實習，離畢業仍遙遙無期。

到了八月初突然接到大姑的電報，說姑丈中風病危，希望他們盡速返台。所以慶太就決心放棄繼續在東京齒專的痛苦掙扎，和妙子整理行囊回台。妙子也很高興可以回台灣，雖然慶太只剩三門課，運氣好的話，一個學期就修畢了，就可以開始為時兩個學期的臨床實習，但最近慶太結交了一些來自台灣的花花大少爺，以留學為名，實際上在東京花天酒地的有錢子弟，她怕她已經快管不住慶太了。

十二　人性的脆弱和考驗

從日本回到台南後，妙子和慶太發現中風的姑丈已經不能言語，也無法起身，只能成天臥床，神智常常不是很清楚，但是倒沒有馬上棄世的危險。大姑現在已經慢慢接受姑丈身體衰敗的事實，慶太也開始接手管理姑丈的財務，他檢視姑丈的產業後，立即想辦法替姑丈變賣幾家虧損的公司股份。

雖然慶太沒能如大姑先前所願，拿到齒科醫師執照，但是妙子擁有執照，所以大姑仍信守承諾，在不遠的東區新蓋好外型略帶巴洛克風的三樓透天建築中租下了一間一樓店面，以妙子的名義開業，不僅出錢裝潢，還為他們買了一座昂貴新穎日本進口的齒科診療台。

大姑希望慶太以後也去診所幫忙，和妙子一起工作，而妙子也認為慶太有能力作一些簡單的診療工作或是義齒的冶金製作。因為外人都以為慶太夫妻兩人都順利畢業於日本齒專，而且都擁有齒科醫師執照，所以大姑認為慶太也可以在妙子協助下從事牙醫工作。

一天趁慶太外出，妙子獨自在三樓房裡，大姑特地上樓對妙子解釋她的想法，大姑對妙子說：「我們家裡不需要慶太賺錢養家，慶太需要的只是一個牙醫的身分和地位，妳就讓大家認為慶太也是牙醫就行了，主要的診療工作你做，像拔牙這種簡單的工作就讓慶太做。」

大姑又繼續說：「看西街的那間義仁診所，那個吳醫生只讀了私塾幾年漢書，自學漢醫，也沒有留過學，現在就開診所做漢醫，也幫人拔牙當牙醫，診所看起來生意不錯，生活得也很好。慶太也可以拔牙，再怎麼說我們慶太也在日本齒專讀了這麼多年的書，比較之下也不算離譜。」

妙子也覺得大姑說得有理，她也希望慶太以後能和她一起在診所工作。慶太聽聞她們的想法後倒是不置可否，於是大姑和妙子都認為他已經同意接受這樣的安排。

妙子對於診所的開業，非常積極熱情，她常常要慶太陪她去新屋監督診所的裝潢工作，但慶太顯得相當冷漠，每次陪她去診所工地，只待一下就急忙催促著妙子回家，似乎一點也不想參與。

診所與大姑家距離約有十多分鐘的步行路程，因此妙子動了想學騎腳踏車的念頭。妙子在南二高女讀書時，女性騎腳踏車曾被視為不文雅的舉動而被學校禁止，但是這些年妙子在東京見識過不少日本年輕女性穿著「袴」騎腳踏車，非常威風，日本社會似乎已經完全接受女性騎腳踏車的行為了。[13]

台灣的腳踏車自十九世紀末從日本傳入，到了三〇年代已經非常盛行，男女老少都有人騎，甚至還有特別為女性設計的女用腳踏車。慶太對於妙子想騎腳踏車的想法非常贊同，他陪著妙子到店裡挑選了一部女用車，妙子十分興奮，並很快就學會騎它。因為只花不到五分鐘的時間就可以安全地往返於大姑家和診所間，妙子就可以不用常常麻煩慶太陪同，所以妙子覺得特別方便。

這幾年台南市區改變很多，妙子感覺特別深刻，二十年前，大姑三層樓的豪宅是當年地標性的建物，遠遠就可以看到，但現在三樓的新建築到處都是。末廣町更蓋起五層樓的「林百貨」，上星期，妙子和慶太去逛過，感覺和東京的百貨公司差不多。

---

13 袴／はかま（Hakama），是日本和服的一種下裳。「袴」本來指褲子，但現代日本語中，此字包括褲子和部份款式裙子的下裳，因此中文也譯為褶裙。

一九三六年新年過後，診所立即開張，不久妙子就發現自己懷孕了，並在秋季生了兒子阿駿。這一年妙子忙得昏天暗地，但慶太並沒有信守承諾在妙子的診所幫忙，他只是每天早上陪著妙子到診所，等妙子開始診治患者時，他便外出訪友，直到下午妙子工作結束時，他才回到診所伴陪妙子回家。

因為診所業績很好，大姑覺得非常滿意，她真以為慶太夫妻兩人整日在診所辛勤工作，很為他們高興。然而妙子對慶太白天不明的行蹤愈來愈感到不安，詢問慶太也問不出結果，在大姑面前，為了不讓大姑煩惱，妙子也只好為慶太圓謊。日子久了慶太漸漸鮮少在診所中出現，一早出門就不見蹤影，晚上也不伴陪妙子回家。

因為管理姑丈的財產後，慶太每個月都有不少收入，便開始有了新的人際網路，慶太原本就個性海派不小氣，對人寬容大方，很容易結交朋友，以前的朋友大都是學校同學，比較單純，現在的朋友三教九流都有，複雜很多，這些新朋友都管他叫「曾少爺」。

也許作為妻子的助手或者齒科密醫對他的自尊心傷害極大，也許義齒製作和診療工作本來就不是他所喜歡的，也許因為妙子為工作、兒子過於忙碌而冷落了他，慶太開始被這些新朋友帶入各種風月場所，為各種新奇的享樂所迷惑。即便兒子成長的喜悅也無能阻止他的墮落，連大姑講的話，他都愈來愈不理睬。

姑丈在一九三九年新年過後不久過世。姑丈死後，慶太變本加厲，好幾天才回家一次，回到家就忙著和母親、妻子吵架。雖然起初大姑很護衛妙子，但日子久了，慶太依然故我，她便開始責怪妙子不懂得討好慶太，沒能扮演好妻子的角色。因為妙子把所有的精神都放在工作上，晚上回到家又要忙著照顧阿駿，而她的診所正是蓬勃發展的時刻，這樣的狀況下妙子根本無暇顧及慶太，他回不回家妙子也無可奈何。

又過了半年，慶太荒唐的行徑愈來愈嚴重，有天妙子發現她已有一個星期沒看到慶太。那天妙子下班回家，發現慶太已經回來了，在一樓客廳正抱著阿駿逗玩，看起來心情很好。

家裡出奇地平靜安祥。妙子和慶太打過招呼後，還沒有機會問話，便聽到二樓大姑的聲音要妙子上樓到她的房間，妙子感覺一種不平常的詭異氣氛。大姑用少見的討好而親密的語氣對她說：「有一件事想和妳商量。」

妙子心跳加速，手心出汗。大姑告訴她慶太有了外室，想要娶進家門，看她的意思如何。妙子呆呆地看著大姑，看起來大姑已經同意了，好像沒有可以商量的餘地，妙子感覺羞辱，眼淚掉了下來。

大姑便說：「當然如果你覺得不舒服，也可以讓那女人租屋住在外面，我們家境況不差，你現在又有診所收入，多負擔一個房子，我們不是問題。慶太已經答應一星期至少回家三天，總比現在都不回家好多了。」

妙子不說話，不爭氣的眼淚簌簌地流不停，大姑轉身叫慶太上來。慶太抱著兒子上來，靦腆地看著她，然後走過來，一手抱著阿駿，另一手伸去想攬她的背。妙子順勢把阿駿接過來，抱在胸前，終於她停止了哭泣，突然抬起頭說：「我要離婚。」

像晴天霹靂，沒有人預料妙子會這樣反應，大姑和慶太都嚇到了。大姑說：「胡說什麼離婚，絕對不可以離婚，只要我活著，你們絕對不可以離婚，我們家沒有人可以離婚。」

妙子抱著阿駿一言不發呆坐在榻榻米上，不知過了多久，她發現慶太已經出門了。大姑為她倒了一杯茶，然後跟她說：「女人要懂得忍耐，男人只是玩玩，最後都會回來的。」她以秋子姨和幸惠姨為例，她說她們的先生年紀輕時在外面很會玩，但是年紀老的時候都收心回家了，不管身還是心都真的回家了，現在都乖乖地守在妻子身邊，不管怎樣，她們都成功地維持了一個家庭的完整。

但是妙子並不想以她們為榜樣。

當夜妙子抱著阿駿流著淚睡著了。

那時大姑正在忙著清理姑丈遺留的財產，妙子還是執意離婚，慶太倒沒什麼意見，但大姑還是不答應，所以就僵在那裡。

兩個多月後，大姑突然對妙子說：「妳想離婚可以，但是妳必須將妳去日本留學所花費的學費還給我們家，而且妳的兒子必須留在我們家，不可以帶走。」

原來大姑清理姑丈的財產後發現曾家財產已經耗損很多。姑丈所投資的特許事業許可證早被日本政府收回，姑丈只好開始變賣田地以補公司虧損。姑丈留下的公司因為沒有了人脈和特權，現在大多在虧損中，所以大姑聽從慶太的建議，陸續清算變賣，最後大姑發現現在家裡的收入比原來預期的少很多，他們無法輕鬆負擔原本計劃的兩個房子，兩個家庭的開支。

慶太這次似乎是真的戀愛了，女方雖然是歡場女子，但聽起來願意從良。女方原來也不敢奢望可以明媒正娶地嫁進曾家，但是既然妙子願意離婚，女方是非常願意結親的。大姑說希望慶太這次結婚後，能夠變得成熟，重新振作起來。

大姑似乎很自責當初自作主張決定了慶太和妙子的婚事。妙子雖然聰明美麗，但能力強過慶太，重挫了慶太的自尊雄心，也許就是這樣害他一直委靡不振，無法抬頭挺胸做人。

「如果當初讓你們自己選擇結婚的對象就好了。」大姑非常後悔地說。

她提起翔平，她向妙子道歉，說她當初太自以為是，故意阻撓翔平追求妙子。

「其實他來我們家找過妳，我故意跟他說妳不在。後來他又來好幾次，在門口走來走去，不敢進來，鄰居說他每次都站一整天，一直見不到妳。他真的很喜歡妳。」說著說著，大姑哭了起來。

「如果妳嫁給翔平可能會比較幸福。」大姑哭著說。

一九三九年年底，阿駿已滿三歲，妙子終於得到理性平和的離婚，條件是妙子要在未來五年分期償還她在日本留學的學費，兒子跟著慶太留在大姑家，但妙子隨時可以回來看望阿駿，妙子覺得這些條件對她非常寬厚，大姑從她六歲就開始養育她，所花費的金錢和心血真不知如何估算。

離婚後妙子搬到診所後面原做為義齒製作室的房間居住，臨走前她對大姑承諾，不管她和慶太的關係如何改變，只要她還活著，只要大姑需要她，她隨時會回來照顧大姑的。

雖然妙子和慶太已經離婚，但是慶太後來並沒有再婚。他的新歡確實曾搬進大姑的豪宅住過，但住了不到半年就離開慶太走了，也許是因為和大姑相處並不容易，也許是因為從良當家庭主婦的生活其實很枯燥辛苦，也許根本就是一場設計好的金錢騙局，還是因為愛情本身就是容易變味的，慶太的新戀情不久就結束了。

後來大姑談到慶太的女人時每每欲言又止，妙子感覺這女人的背景可能遠比大姑先前預估的複雜，分手過程一定非常麻煩棘手，也可能很不堪。曾有一次大姑無意間向妙子透露，談判過程中她還請了秋子姨的先生幫忙處理，因為秋子姨的先生認識了不少當地角頭人物，總之費了不少功夫。妙子從來不想弄清楚，總之很快地慶太又恢復了單身。

經過這次人生鉅變，慶太人也變得穩重成熟許多。他似乎吃了虧，學到了某些深刻的教訓，現在除了剩餘的田產漁塭收租需要，他跟那些三教九流的朋友似乎都已經斷了往來。他不大出門，每天讀報唸書，很關心時事，尤其是日本的戰爭消息。慶太陪兒子的時間增加很多，和兒子的感情也變得很好。

慶太的女人離開後，妙子因為沒有這層顧慮，幾乎每天都會回大姑家看兒子，阿駿快四歲了，長得愈來愈像慶太，已經很會說話，台語和日語都說得很流利，大姑把他當寶貝疼愛，阿駿日日夜夜黏在阿嬤身邊，兩人形影不離。妙子也常看到慶太，彼此很客氣地打招呼，大姑對這樣的改變很滿意，她希望慶太和妙子有一天可以破鏡重圓。妙子卻不這樣想，她的診所營運狀況很好，甚至為了安全，避免其他租客可以隨意出入診所，妙子經濟上已有餘裕把診所二樓三樓都一起租下來，二樓作為自己的住所，三樓作為診所護士的宿舍，總之她對現狀很滿意。

偶爾妙子工作得晚，看過兒子後已經太晚，大姑擔心她夜間回家的安全，就建議她留在她原本的房間過夜，第二天早晨才回診所。妙子躺在熟悉的榻榻米上，感覺自己好像回到少女時代，多希望時間能回到那無憂天真的歲月。

妙子和慶太離婚時，兩人都很低調，沒有特別的張揚，知道的人並不多。所以妙子現在常常回大姑家，親戚鄰居都以為慶太和妙子仍是合法夫妻。一些見過慶太女人的鄰居以為慶太曾經有過外遇，妙子氣得離家出走，現在那個女人走了，妙子回來了，兩人又和好了。

妙子已經學會不理會流言蜚語，只要每天看到阿駿快樂地長大，她就很滿足了，最重要的是她已經是個獨立自主的女性，不會像她的阿娘一樣，一定得依賴別人而活。

有一晚妙子工作得很晚，看過兒子後就決定當晚住下來，因為天氣很熱，妙子就在浴室隨便沖個澡回到房間，一到房間，發現慶太跟在後面也進了房。

兩人面對面，妙子有點困惑問道：「有什麼事嗎？」

慶太不說話，卻含情脈脈地走向前，雙手握住她的臂膀，然後低下頭來想吻她。妙子本能地用力推開他，自己也嚇一跳，因為她對慶太一向都是非常溫柔順從的，從來沒有忤逆過他。慶太也嚇到，怔了一下，然後他向她深深一鞠躬，用日語說：「對不起！」慢慢回頭走出她的房間。

妙子開始啜泣，她知道她還沒有原諒他的不忠，他的背叛，那個傷口還在淌血。

一九四一年十二月八日太平洋戰爭爆發，當晚慶太見到妙子便告訴她日本襲擊珍珠港的消息，那晚他們留在一樓客廳談政局談得很晚。上樓睡覺時，慶太站在他的房間門口看著妙子，似乎在等待妙子，但是妙子終究還是回到自己的房間。

之後妙子常常回大姑家，也常常在大姑家過夜，甚至晚餐也常和他們一起吃飯，感覺像平常的一家人了，阿駿很開心常常可以看到媽媽。慶太也常向妙子報告戰情，一些報紙上的評論也會留給妙子閱讀，慶太也讀文藝作品，最近的文學新作他都很熟悉，也會介紹給妙子，兩人的關係變得非常友善溫馨。

後來妙子發現只要她在大姑家過夜，慶太的房門總是開著，桌燈也是亮著，有時甚至亮一整夜，彷彿隨時等待著妙子。這對妙子是個極大的誘惑，她躺在榻榻米上，可以感覺那盞燈的熱情彷彿輻射在身上，喚醒每一個細胞的慾念，但是她的憤恨依然強大，終究每每戰勝了誘惑。

大姑知道慶太的意思，覺得兩人這樣僵著不是辦法，不時總要扮演說客的角色，企圖說服妙子再度接受慶太。大姑常常告訴妙子，慶太現在變得有多好，每天都幫兒子洗澡，女傭有事不在的時候，慶太也會炒飯做菜給他們吃。但妙子知道她的傷口還沒完全癒合，她還繼續懲罰慶太。

時間悠然流去，戰火卻是越來越猛烈，隨著台灣人參戰者愈來愈多，戰爭的煙硝氣氛慢慢地籠罩全島。開戰之初，日本政府招募台籍軍人，多以「軍夫」、「軍屬」的職稱招募，通常擔任各項後勤作業的支援，例如工程隊從事建築飛行跑道、港口要塞和碉堡掩體等等設施，勤勞團的兵則從事補給作業和貨物倉儲的搬運工作。

隨著戰事吃緊，一九四二年起日本政府在台灣開始募集各種義勇兵，直接送上戰場，有「少年志願兵」、「學徒兵」、「陸軍特別志願兵」、「海軍特別志願兵」和以英勇著稱的「高砂義勇隊」等，雖然時有聽聞威脅利誘情事，但仍屬志願兵性質。

其實早在一九三八年二月二十三日，中華民國的蘇聯航空志願隊就已經空襲過臺北飛行場及竹東一帶，造成不少民眾傷亡。但一直到一九四三年底盟軍飛機開始飛入台灣領空，台灣人才開始躲空襲的生活。

一九四四年一月十二日夜裡台南發生第一次的空襲，那時妙子正在診所二樓，感覺玻璃窗有四、五次的震動，往窗外一看，有飛機的亮光，空襲警報隨即響起。妙子一驚，馬上抓起皮包騎上腳踏車往大姑家走。

妙子到大姑家時，看到慶太正帶著大姑、阿駿和老園丁出門，想去附近的防空洞躲藏，妙子也跟著一起進去，他們在防空洞裡碰到很多鄰居，躲了約半個多小時後解除警報。第二天早上看報紙才知道昨晚新營郡鹽水附近受到美軍炮擊，有一些小損失，但無人傷亡。

晚上妙子早早就回大姑家，晚餐時慶太告訴她，他已經找了工人明天就要在前院角落處開挖一個防空洞，昨晚的防空洞實在太遠，大姑的腳又不好走路，自己家造一個比較方便，妙子聽了非常贊同。慶太還叫她下次警報響時，不要騎腳踏車回來，太危險了，自己趕緊找附近的防空洞躲藏才對。

一月十五日美軍又空襲了一次，但沒有投彈，大姑家防空洞的開挖工程持續進行，二月中已經挖好了坑洞，相當深，開始灌水泥，水泥師傅說躲十個人沒問題，到三月底大致完成，上面水泥蓋超過一公尺半的厚度，老園丁在上面鋪上了土種菜作為偽裝。

防空洞蓋好後，一直沒有空襲，直到八月十五日才又開始空襲，那天妙子去防空洞路上聽到一架雙引擎飛機在西邊天空飛過的引擎聲響，當她進入防空洞當下，聽到飛機爆音，遠處傳來爆炸巨響。空襲結束後才知北門港墘部落前的渠道上發現了炸彈碎片，因為此地為鄉下荒野，沒有什麼軍事目標，推斷應為一場盲目轟炸。

之後台南陸續出現空襲，但不頻繁，也沒有聽說任何嚴重傷亡事故，大家漸漸適應躲空襲的生活。十月十二日妙子親眼看到三架飛機燒成火球往下墜，後來聽說是在曾文溪上空，三架美軍飛機被日軍殲滅。後來由跳傘被俘的美軍口中得知，美軍的目標先是軍需工廠和軍事設施，然後才是一般民眾。接著好幾天都有空襲，妙子和大姑一家躲在自家防空洞裡，雖然洞裡潮溼，待久會覺得氣悶，但大姑早囑咐女傭洞裡儲備一大桶水和一個大鐵箱的食物，有米糧、零食和罐頭，所以感覺很心安。後來空襲又變得極少，大家又放鬆了心情。

早在一九四四年（昭和十九年）四月十九日，日本天皇已敕令公布台灣實施全面徵兵，九月一日起執行預備作業，這也是台籍兵首度以日本軍人職稱登上了二次世界大戰的戰場。一九四五年一月開始對台灣全島十九歲至四十歲的壯丁徵兵，首梯共四萬五千七百二十六人。

一月三日，慶太收到徵兵令，原來他就是首批中的一人。此時阿駿已經八歲了，已經上了小學二年級了。對於徵召令，有不少人是興奮的，自詡為勇士，期待可以為日本帝國貢獻力量，但對於曾家，慶太的徵召令，像晴天霹靂震驚全家。當天晚上妙子到大姑家時，大姑已經哭了一整天了，阿駿也被這種哀傷的氣氛嚇得緊張易哭。

夜裡，妙子和慶太深談，慶太認為因為美軍參戰對戰局影響很大，美軍太強了，日軍自一九四三年後已經沒有打過勝仗，日本在海上已經全面撤退，美軍的空襲已重創了許多日本本土的工業城市和港口。他覺得日本看來前途黯淡，恐怕很快就會戰敗，戰爭隨時就會結束，他應該不會去太久。妙子想到慶太可能會戰死，不禁難過地倒在慶太的懷裡哭泣，那一夜妙子終於重回慶太的床上，她吻著慶太，擁抱著慶太，原諒了慶太，他們重新做了夫妻。

一星期後慶太正式入伍，慶太臨走前阿駿抱著他的大腿，不肯放手，哭得很傷心，妙子趕緊抱起阿駿。慶太特別在妙子面前立正，向她行禮拜託妙子照顧大姑和阿駿。大姑哭得不能自已，妙子也忍不住啜泣。

妙子突然叫住已經轉頭欲走的慶太。

妙子噙著眼淚說：「你一定要活著回來。」

慶太回頭看著她，然後堅定的說：「會的。我一定會活著回來。」

妙子從客廳的玻璃窗看著慶太愈走愈遠的背影，深深地為慶太難過，慶太原本就非常反對這場戰爭，不知道他將如何在戰場上面對戰爭？他如何能執行殺人的任務？她可以感受他為人擺佈的痛苦，失去自由的無奈。

慶太離家後，妙子正式搬回了大姑家和阿駿、大姑同住，她仍保有診所二樓的租屋，作為自己午間休息用。至於曾園大屋裡，阿駿仍和大姑睡在二樓大姑的房間，因為慶太曾經帶過女人回家住過他的房間，妙子仍有陰影，所以她就搬回自己小時候的房間。但是當她想念慶太的時候，她會進入慶太的房間，坐在慶太的書桌前，閱讀慶太近年讀過的書，想像他閱讀當下的心情。

二月底妙子首度接到慶太的家書，其實這也是慶太給她的第一封情書，慶太的日文書法有獨特蒼勁的瀟洒。慶太在信裡這樣寫：

摯愛的妙子：

參軍已經近一星期，這一週來我沒有一天不想念妳。離家前一週妳原諒了我，願意回到我的身邊，讓我的生命重新有了意義。無論如何，我還是欠妳一個道歉。我此刻要鄭重地向妳道歉，為我之前愚蠢的錯誤傷害了妳。

我八歲時妳住進我家，從小妳一直是聰明絕頂，可愛有禮，那麼逗人喜歡，而我和妳相比，遠遠不如。尤其妳唸書時總是那麼輕鬆就可以名列前茅，我的爸爸媽媽都那麼喜愛妳，這教我從小就非常嫉妒。

我很小的時候就常被關在書房裡補習，而妳和翔平卻在花園裡遊戲，我一想到就憤憤不平，看到妳和翔平相處地那麼融洽，我嫉妒極了。後來翔平回來看我們，妳和他出去很晚才回家，那一晚我非常焦慮，我才知道我有多麼喜歡妳，那時我真的擔心翔平就這樣把妳搶走了，直到第二天晚上媽宣布我們的婚事，妳沒有反對的意思，我才放心下來。

其實婚後我們在日本求學的時候，我們過得很幸福很甜蜜，直到我沒有拿到學位，而妳又順利輕鬆地拿到了醫學士，我又開始嫉妒妳了。回到台灣，妳當了齒科醫師，開了診所，而我什麼都不是，我心裡其實非常痛苦。後來阿駿出生後，妳幾乎沒有時間理會我，我甚至開始嫉妒阿駿。

當然我知道妳很忙，我應該體諒妳而且應該幫忙妳，可是我太任性了，我心裡就是不舒服，我覺得妳沒有以前那麼愛我，阿駿和診所在妳心裡似乎都比我重要，我開始有了報復妳的欲望。多麼愚昧無知的我，竟然想藉自我放縱墮落來懲罰妳，沒有想到我後來竟然做了這麼多愚蠢的事，白白浪費了與妳相處的時光。

原諒我。我所摯愛的妙子，請再給我一次機會，讓我們一家重拾幸福快樂的生活！

慶太

夜裡，妙子讀著慶太的信，一讀再讀，她太想念慶太了。她進入了慶太的房間，躺在慶太的大床上，她脫下衣服，將慶太的大衣裹在她赤裸的身上，開始自慰。那一夜妙子終於清除了纏繞心頭多年的陰影，重新成為慶太床上的女主人。慶太的房間曾經是保護她的城堡，後來被敵人侵佔，如今她重新征服，重新擁有。

第二天起床後她打掃了慶太的房間，把自己衣服放入慶太的衣櫃，然後才去診所工作。晚上，她坐在慶太的書桌前給慶太回信，在此之前她從未寫過信給慶太，那晚她寫了一封熱情洋溢的情書，告訴慶太她多麼愛他，多麼想念他，而她從來不知道她有這麼愛他。她叮嚀他一定要平安回來，她在等他。寫完後，妙子再次在慶太的大床上安然入睡。

十二　晃盪不安的新年代

因為台灣是二次大戰時日軍重要的作戰基地，提供了日本殖民母國有效的戰爭人力與資源。美國為了擊敗日本，贏得終戰勝利，第五航空隊開始在一九四四年底起有計劃地轟炸台灣，目標是封鎖台灣，達到弱化日本軍力的目的。

雖然此時空襲在台南逐漸變得比較頻繁，但是因為一直沒有重大傷亡的消息傳出，大家漸漸地習慣了躲空襲的生活，並不覺得特別恐懼。空襲的時候大家就到防空洞躲避，空襲結束後就各自回家，這樣的模式慢慢地變成台南人生活的常態。雖然殖民政府當局已對台南市區居民發出「疏開」令，但大多數的台南人並不以為意，仍住在市區，不願意「疏開」到鄉間。[14]

一九四五年三月一日早上美國突然派出二十五架重型轟炸機在台南市區投下五百磅的炸彈，幾個小時後又出動了十六架同款轟炸機再投下五百磅燃燒彈，瞬間高溫大火就炸毀了一千多間平民房舍和很多重要的公共設施，包括台南州政府廳、台南病院、商店、住家和多所學校，死亡者估計超過二千人。

這次空襲長達好幾個小時才結束。當妙子從防空洞出來的時候，灰濛的天空，沙塵滿佈的地面讓她預感這次非比尋常，立即往大姑家狂奔。

妙子跑了不久，發現沿路的景觀突變，很多房子已被炸得殘破不堪，甚至還有很多餘火未熄，到處塵土飛揚，刺鼻的燒灼焦味迷漫，只有幾間房子幸運地沒有被炸毀，可以作為認路的路標。

但是妙子似乎進入了另一個時空，迷失在一個異次元的世界裡，明明是在十分熟悉的地方，妙子卻焦慮地遍尋不著大姑的房子，最後妙子發現屋子已經完全被炸毀，木頭建築的部分已經被燒光消失不見，只剩下一樓殘破的一小段水泥骨架勉強可以辨識。但

14 疏開本是和製漢語。台語「疏開」源自日語，日文漢字也是「疏開」（そかい，sokai），發音很接近。指空襲時都市居民疏散到鄉下，以減少傷害。

前院角落的防空洞卻安好無傷，妙子奔進去裡面卻不見任何人影。

她站在那裡發狂地叫著大姑和阿駿的名字，過了不知多久，渾身灰塵的女傭跑過來告訴她，阿嬤今天腳痛又嫌防空洞潮溼，因為之前好多次躲空襲都沒事，飛機繞一下就走了，所以今早說什麼都不願意進防空洞躲藏，阿駿也不肯離開阿嬤，兩人最後都留在屋子裡，阿嬤和阿駿就這樣被炸死了，在燃燒彈爆炸後的超高溫下屍骨無存。

妙子差點昏死過去，她失神地走回診所，發現整個台南市區西半部差不多已經夷為平地，變成一片焦土，可是她位在東區的診所並沒有絲毫毀損，她勉強上了二樓回到她自己的房間，倒在床上開始昏睡。

第二天早上美軍又來轟炸，妙子毫不理會，躺在床上繼續昏睡。空襲結束後，到了下午住在三樓的診所護士秀珍回來時，妙子正發著高燒，口中發出夢囈一般的胡言亂語。於是秀珍叫了一部三輪車將妙子載回自己的新化老家「疏開」躲空襲。

妙子在秀珍新化老家住了兩個多星期後，妙子恢復了健康，她決定回到台南診所居住。因為阿駿和大姑死了，「疏開」對她已經沒有任何意義。美軍在三月初的空襲已經把台南的軍事設施和政府機構幾乎全部摧毀，之後空襲也變少了，於是妙子便搬回診所二樓，只是此時水電設施還沒有完全恢復，生活得極為克難。

妙子想回診所主要是為了慶太，她不希望慶太回來時找不到任何家人。她覺得她對不起慶太，辜負了慶太離開時對她的託付，她沒能好好地照顧阿駿和大姑，她一想到就心痛不已。

雖然診所護士秀珍留在新化沒有回來幫忙，妙子一時也找不到其他人替代，但是妙子的診所還是開始開門營業，妙子打起精神，一人打理診所大小雜事，非常忙碌。妙子想藉著辛苦的工作麻醉失去親人的痛苦，現在她惟一的盼望就是慶太能夠早日回來。

不久一天早晨，原在台南病院外科工作的張醫師突然來訪，因為張醫師是妙子長期診牙的患者，妙子原以為他來看牙，沒想到張醫師是來傳達慶太住院消息的。

原來慶太的右腳小腿在馬尼拉戰役中被鎗彈打壞，已經鋸掉，退伍後回家途中又感染肺炎，現在他被送到離妙子診所不遠的新樓病院，因為原本的台南病院在三月的大空襲中已完全被摧毀，現在借用新樓病院作為分院，目前慶太的病情很不穩定。

妙子聽了很著急，想到慶太如果知道大姑和阿駿已經在空襲中死亡，不曉得會有多傷心，這又是一個多大的打擊，所以妙子看完病患後，立即休診，趕到新樓分院。

慶太看到她時非常激動，他告訴妙子他已經知道大姑和阿駿在大空襲中死亡的消息，反而安慰妙子不要太難過。

慶太看起來狀況並不好，變得很瘦，發著燒，而且一直咳不停。因為醫院裡護士不夠，病人大多靠家屬照顧病人。妙子便留下來，餵他吃飯，並不停地倒水給慶太喝，幫他擦澡散熱，扶他起身上廁所，很晚才回診所。

第二天妙子決定休診一週，一早就到醫院看顧慶太，因為傷患很多，醫院設施不足，妙子在醫院照顧慶太，覺得很不方便，她很想把他帶回診所照顧。過了幾天慶太的狀況變得比較好，燒退了，可以拄著拐杖起床走動，呼吸也正常很多，只有稍微氣喘，醫生便同意妙子把慶太帶回診所二樓照顧，妙子立即僱了三輪車帶他回去。

晚上慶太睡在妙子的床上，慶太告訴妙子在戰場上好幾次他快撐不下去，尤其是在叢林裡腳受傷的時候，但是他答應過妙子他要活著回來，就是這樣給予他活下去的力量，他很高興他沒有違背承諾。妙子聽完卻哭了，她自責地說她讓慶太失望了，沒能好好照顧阿駿和大姑，就這樣一切都消失了，連屍骨都沒有。慶太心疼地吻著哭泣的妙子，兩人都非常悲悽。

慶太的狀況愈來愈穩定，有時可以下樓到診所走走。他們就住在診所二樓，雖然偶而還有空襲，可是他們都不害怕。一天晚上妙子工作結束洗完澡上床時，慶太已經睡著，看著睡得很安祥的慶太，讓她想起新婚時在日本生活頭幾年的甜蜜時光，忍不住過去親吻他，慶太在睡夢中也伸出手把妙子擁入懷中，彷彿又回到從前，妙子想即使在慶太懷中被飛機投彈炸死，也是很幸福的事。

四月三十日，慶太從廣播中聽到德國無條件投降的消息。五月三十一日又聽到希特勒戰死，墨索里尼被處極刑的報導。軸心國陣營兩大巨頭已經死亡，在歐洲同盟國已經完勝軸心國，現在只剩下日本在太平洋這一方仍頑強抵抗。雖然島內日本政府的氣勢還是非常強盛，民間士氣依舊高昂，但妙子和慶太內心都很清楚日軍已經窮途末路，終將吃下敗仗。

不過妙子更擔憂的是，接下來美軍會不會從台灣登陸？會不會在台灣造成更大的傷亡？慶太安慰她，要她放心，慶太認為日本已經陷於日暮途窮的險境，美軍直接登陸日本的機會較大，美軍不需要在台灣再開闢一個新的戰場。

空襲本來已經少了，大家都有點鬆懈了，沒想到五月十日美軍飛機又來攻擊，這次是佳里，機關槍掃射外，不僅投下炸彈，還投了燒夷彈，造成約十名死傷者，明治糖廠、商工銀行、農業倉庫、佳里地區的學校和醫院全被燒毀。

五月三十一日美軍又轟炸台北城區，雖然行動前盟軍曾預先投下傳單警告台灣人，但是美軍這次攻擊非常強大，在台北城區投下三百一十噸的炸藥，還是造成台灣總督府的嚴重毀損和建築極美的蓬萊町天主堂全毀，這是有史以來台北城所遭到最大規模的攻擊行動。這次大家真的被嚇到了，此後只要空襲警報響起，再辛苦妙子還是會扶著慶太去防空洞躲空襲。

到了八月初，空襲又變得很少。慶太肺部再度感染細菌，狀況變差，常常喘不過氣，連下床都難。慶太不能起床，妙子只好在床上餵他吃飯。慶太也不能下床洗澡，妙子只能在床上幫他擦澡。妙子承諾只要他好起來，願意重新接納他，兩人可以重新開始新生活，他們還年輕還有機會再生小孩，慶太聽了很感動。

八月十五日日本天皇突然在廣播中宣布投降，震撼全島，也讓很多人不知所措，戰爭終於結束了，令人難以置信，街道鬧哄哄的，雖然大家對和平的到來，非常興奮，但也對台灣的未來前途充滿不安。

妙子突然想到姑丈，還好姑丈在大戰前就離世了，沒有見到日本戰敗，否則他會非常傷心。日本是姑丈心目中的強者，日本武士一直是他的英雄，姑丈依附了這個強者一輩子。日本天皇投降，妙子想這對姑丈會是多麼不可思議的事，他會受到多大的打擊呢？無論如何姑丈有一點是對的，他曾說人要成功就是要永遠站在強者這一邊，永遠不要去挑戰當權者，日本最大的錯誤就是挑戰了更大的強者美國，之前日本人似乎不知道美國如此強大。

慶太肺炎狀況仍然不好，常常喘不過氣來，天皇投降當晚他突然問妙子道：「妳願不願意再嫁給我？」

妙子說：「你知道我是願意的。但你現在不要想那麼多，專心養病就行了。」

慶太說：「如果妳願意，我們現在就去辦結婚手續。」

妙子問他為什麼這麼急，慶太告訴妙子：「和妳再次結婚，是我衰敗的人生此刻唯一的心願，唯一能夠支持我活下去的力量。」慶太嘆了一口氣，難過地繼續說：「我現在狀況不好，我很擔心這個願望可能永遠無法實現了。」

妙子有點傷腦筋了，因為當時台灣採儀式婚，所以非辦一場婚禮不可，但是慶太狀況不好，能不能撐過一場婚禮都沒有把握。而另一方面，慶太回來後因為沒有避孕的關係，妙子近日也常懷疑自己是不是已經懷孕，如果真的懷孕了，這場婚禮就變得非常必要。

於是妙子決定婚禮舉行愈快愈好，儘早了卻這一樁心願，而且她也不能確定慶太究竟還有多少時間，所以婚禮就訂在天皇投降的一星期後，只保留宴席的部分，其他的都盡量省略。

大姊和二姊兩夫婦知道後都表示願意趕來，二姊夫願意擔任主婚人，後來又請到附近診所和台南病院的醫界朋友以及曾經在診所工作過的所有護士。高女的同學春枝和她的夫婿也到了，因為他們正巧從台北回來娘家，另外還有慶太南二中的兩位同學和他們的妻子，最後在鄰近的小餐廳湊了兩桌舉行婚宴。

慶太對於婚禮的舉行非常開心，因為妙子存放在大姑那裡的鑽戒首飾都在大轟炸中消失不見，所以慶太把他在銀行的存款幾乎領光，他用力喘息，拄著拐杖，撐著病體，堅持要和妙子到銀樓購買婚戒，最後給妙子買了顆大鑽戒、一條黃金項鍊和一付珍珠耳環，也給他自己買了白金翠玉戒，另外還特別請姑丈生前長期做洋服的老師傅為他趕做了一套西裝。結婚當天他硬撐完整個儀式和宴席，精神看似抖擻，不知情的人是看不出他其實正和肺部的細菌賣命地拚鬥中。

婚禮結束後，慶太的病況變得比較穩定，氣喘咳嗽都少了。白天妙子下樓診療工作時，慶太就打起精神在二樓餐桌上處理大姑的財產繼承，還要妙子幫忙聯絡他的律師過來。過了幾天慶太告訴妙子，還好公部門並沒有因為戰敗而停擺，一切公務都正常執行，他已經辦好所有財產的繼承手續，而且用妙子的名字買下了他們現住的三層透天店面，要妙子帶著他的存簿和兩人的印鑑下午到銀行一趟，他的律師會協助她辦好買屋的手續。慶太很高興地說買完房子後，他可以比較放心了。妙子聽了心裡反而有些不安，感覺慶太好像有處理後事的味道。

辦完買屋手續，慶太把存摺和印章留給妙子，叮嚀妙子想想有需要什麼就趕緊去買，他有預感還會再騷亂一陣子，因為戰後盟軍決定台灣不由美軍接管，而是由蔣中正的軍隊接管，他其實是很悲觀的，他在軍中遇過曾在中國地區當過兵的同僚，對蔣軍的軍紀腐敗霸道早已風聞，他非常沒有信心。於是在慶太的堅持下，妙子買了不少米糧罐頭，她其實是很不以為然的，戰爭已經結束了，為什麼還要儲備糧食？

因為慶太在曾園樓房的所有的衣物私藏都已在大空襲時焚毀消失，妙子就為慶太買了一個古典的檜木書桌，又為他買一隻艾德蒙手錶（Edmond）和派克金筆（Parker）。也為自己買了一個紅木梳妝枱和一台勝家的縫紉機，算是兩人新婚的禮物。妙子又去剪了好幾塊布，準備為慶太做衣服，因為他的衣服幾乎都在曾園燒光了。

首批蔣中正的軍隊在美軍護航下十月十六日登陸台灣，開啟了台灣近代史上最動盪的年代。因為感覺不安的氛圍，妙子的診所只有上午開診，中午以後就休診。有一天，慶太精神很好，他便拄著拐杖和妙子一齊走到曾園。他們看到大門完整地矗立著，但是裡面被轟炸得體無完膚。他和妙子站在曾經是三樓豪宅的廢墟上，行了簡單的祭拜儀式，看著燒得只剩下破裂骨架的殘破景象，兩人不禁相擁哭泣。

一九四五年八月戰爭結束之初到十月中旬，局勢算是相當穩定，超過半數在台灣的日本人希望日後永久居留台灣。十月陳誠軍隊接管之後因為物價上漲和失業問題，日人生活普遍陷入貧困不安，希望返日者日增。後來有謠言說國民政府不同意日本人留在台灣，除了極少數有特殊用途如鐵路、電力人員外，日本人必須全數被遣返日本，因此很快地妙子發現很多的日本人都開始在街上擺攤出賣他們的生活物品傢俱，昂貴的古董字畫也以非常離譜的低價拍賣。

妙子的長期患者中有不少日本人，其中有一個靜子小姐，有一天來拜訪妙子，問妙子願不願意買下他們家所有的傢俱，因為她知道妙子剛買新屋，可能需要傢俱，妙子此時已經確定懷孕，正要佈置小孩房，二三樓正缺傢俱，所以妙子欣然同意。妙子就僱了三輪車將馬上可用的傢俱搬進了診所樓房。

因為謠言說國民政府規定日人離開時，只能攜帶三件行李和一千元現金，也有人說兩千元，也有人說五百元和兩件行李，這些謠言引起日本人的恐慌，所有的日本人都急著將房地產出售，他們擔心賣不掉的房子可能很快就會被國民政府佔領充公。

妙子買的傢俱還未搬完，靜子又來訪和妙子商量可否買下他們的房屋，慶太和妙子商量了很久，依舊很猶豫，也不知道這個買賣算不算合法，將來會不會不被承認而充公，因為靜子一家五口人，能帶回日本的現金有限，所以靜子就以傳說中每人可以帶回日本最高金額兩千元為標準，房子就算以一萬元的低價要賣給妙子。靜子再三拜託妙子，因為他們返回日本後，已是全然的陌生人了，在陌生的環境中生活非常需要現金的。

就這樣為了幫助靜子一家人，妙子買下了靜子家在台南工學院（成大的前身）附近的房子，原來已經買下還未搬完的的大型傢俱也不用搬了，繼續放在妙子新買的屋裡。慶太最高興的是靜子留下了一書櫃的日文書，因為慶太所有的藏書早已毀在大空襲中。

一九四六年二月妙子生下了一個女兒，雖然生在冬天，慶太卻為她取名千夏，期待一個豐美的夏天儘快到來。但不幸地夏天初到，早已絕跡的霍亂又開始在台灣流行，死了很多人，實際死亡人數國民政府並無統計資料，但光七月三十日那天台南市區就因為霍亂死了數十人。[15]後來又出現天花，台南又死好幾個人，還好天花沒有大規模流行。

妙子變得非常神經質，連自來水她都不放心，所有的餐具碗筷都要用開水煮過才能使用，食物也要一煮再煮，甚至連水果表皮都要先用熱水燙過才敢吃，收到的鈔票錢幣

[15] 見《吳新榮日記全集》，一九四六年七月三十日日記。吳新榮著，張良澤編。出版社：國立臺灣文學館，出版日期：二〇〇七年。

都用熱水煮熟晾乾才肯收進皮包裡，慶太笑說妙子內心其實非常想要把每一個人都用熱水燙過殺菌後才放心。

還是有中國兵會來騷擾，有一次指名找「曾根慶太」，妙子用從美娜那裡學來蹩腳的北京話，試著和中國兵解釋，慶太其實是台灣人，被日本徵兵到南洋打仗，現在受傷回來，中國兵看到慶太缺了半隻腳後就走了。

因為這次經驗，妙子想到姑丈曾經說過，人在亂世就要懂得韜光養晦，明哲保身，又因為病患銳減，而且醫材飆漲，妙子連雇新護士的薪水都付不起，於是就決定關掉診所，甚至連招牌都摘下，專心和慶太、千夏過著繭居的生活。

物價通膨得非常嚴重，能買到的物資非常有限，還好慶太出租的農地漁塭佃戶按時提供了他們稻米蔬果和虱目魚、草魚等基本的食物需求，相較於其他人，他們的食物算是相當充足，沒有饑餓的風險，但是其他的物資如藥品、茶葉、布料、肥皂、牙膏牙粉等生活用品依然匱乏。妙子很少出門，一出門就是採買生活物資，每次都會被高漲的物價嚇到，戰爭時期儲存的罐頭沒有想到戰後還是非常有用。

二姊和二姊夫偶而來訪，就會幫他們帶來彰化他們自養的雞和雞蛋，也有以物易物換來的豬肉和茶葉，和一些基礎藥品。慶太也拿佃戶送來的稻米蔬果和自家魚塭打撈的新鮮魚貨回贈他們，這一陣子所有人最關心的莫過於食物和物價，能夠吃飽不生病活下去，就是此刻大家普遍最卑微的願望。

戰後台灣經濟的困境前所未見，傳說台灣出產的蔗糖和官署倉庫裡面的米糧絕大部分都被送去南京，被官員高價販售圖利，結果造成台灣本地糖米缺乏，價格狂飆。因為官府狂印鈔票，不只糖和米，一般物價每年平均上漲六七十倍，讓人難以忍受。台灣農產一向富足，有史以來從未聽說過饑荒，妙子也只在日本史中讀過江戶時代的三大饑荒，因為早已年代久遠，從來不曾認真感受過，但是此時卻有報載因為米價高漲，高雄因此有人餓死街頭的消息，讓妙子心驚不已。

更嚴重的是民生物資奇缺，即使有錢也買不到需要的物資，尤其是攸關生死的藥品，大家對金融體系失去信心，幾乎快回到以物換物的蠻荒時代。因為人心浮動，慶太強烈預感台灣將很快陷入動亂，妙子也是這樣想的。

此時妙子發現她又懷孕了，妙子便專心待產並照顧千夏和慶太，還很認真地趁空作了不少千夏長大後可以穿的衣服。儘管外面風雨飄搖，通貨膨脹得很嚴重，夜裡偶而聽到可疑的槍聲，街頭上也偶而發現被殺害的屍首，非常不平靜。但是住在診所二樓的慶太和妙子卻不受影響，時間彷彿停留在最原始的狀態。慶太過得非常幸福滿足，雖然身體殘缺，物資拮据，外界凶險不安，但他的小屋明亮溫馨，他的愛妻就在身邊照顧他，他很確定他很愛她，他的妻子也很愛他。

一九四七年二二八事件發生的前一個星期，妙子生了兒子阿明，雖然物價飆漲，民生困苦，妙子和慶太有子有女，一家平安，過得很滿足。但是人生往往不是自己能夠完全掌控的，儘管個人努力趨吉避凶，設法遺世獨立，但世局的巨大洪流終究會把所有的人都捲進混沌的漩渦中。

果然不出慶太所料，動亂開始了。二二八事件後續由台北城點燃民眾怒火，國民政府軍隊與市民開始互相攻擊，三月一日國民政府立即宣布台北戒嚴。三月三日台中群眾佔領了警察局、廣播電台、電信台，嘉義廣播電台也被群眾佔領宣布起義，接著台南、高雄都宣布起義，而且廣招義勇軍。一時之間，國民政府有被人民推翻的跡象。

但三月五日國民黨黨主席蔣中正從福建派兵前來台灣，八日抵達基隆港，還未上岸即開始朝著碼頭掃射鎮壓，到了三月十一日局勢反轉，台北的起義宣告失敗，台南的廣播電台顯然已被國民政府重新掌控，宣布實施臨時戒嚴，並宣布十一日下午開始清查戶口。妙子和慶太從未見識過內戰，兩人面對慌亂的政局，非常緊張憂慮。

果然十一日下午管區警察和荷槍的政府兵上門清查戶口，他們在診所住家左看右看，檢查每個房間，連三樓空屋都仔細查過，確認沒有可疑的外人住在這裡。接下來，他們要求把家裡收藏的所有日本刀交出，妙子記得姑丈以前收藏了好幾把日本古刀，但都已在大空襲中炸毀消失了，所以家裡沒什麼可搜的，終於管區和兵結束了戶口清查離開了，這時妙子才鬆了一口氣。雖然沒有牽扯最近的政治事件，戶口清查的肅殺氣氛還是讓慶太、妙子忐忑不安。

妙子記得姑丈的交代，在亂世要懂得明哲保身，所以最近他們一直非常低調安靜的過日子。戶口清查的當天晚上，他們吃完晚飯後便早早關掉電燈，上床睡覺。約九點半突然有人敲診所的門，妙子才下樓開門立刻被人按住嘴巴，被人關掉燈。

慶太拄著拐杖一邊下樓，一邊大聲問：「誰？」

有人回答：「王明義。你南二中的同學。」

王明義是慶太的南二中的好朋友，也參加過慶太的婚禮，另一個人慶太並不認識，據王明義說是南二中小兩屆的學弟方俊介。王明義說他們都參加了六日多達三千多人的示威遊行，而且兩人都是遊行幹部，今天下午清查完戶口後，晚上聽說被台南參議會選為過渡時期台南市長的湯德章律師已經被抓，他們趕緊出逃，原來想往安平港坐船出海到日本或琉球，但到處有兵在巡邏，他們只好往東走，倉皇之下闖進妙子的診所。雖然妙子老早就摘下了診所招牌，王明義早知道慶太住這裡，只是十多年來沒有機會和慶太見面。

慶太當下就決定收容他們，他帶他們上了二樓，煮了晚餐給他們吃，然後讓他們睡在三樓。妙子故作鎮定，其實內心非常驚慌，不自覺會發抖，整夜都睡不著覺。

十三日湯德章在大正公園槍決正法，十四日《中華日報》標題寫著：「台南暴徒坂井德章昨執行槍決，餘犯刻正審理中」。接著幾天他們都過著十分緊繃焦慮的生活，隨時擔心有政府兵會上門抓人。妙子出門時，不時提醒自己，一定要神色自若，和鄰居也要像平日一樣閒話家常，一切生活保持平常狀態。

到了三月底雖然情勢依舊風聲鶴唳，大規模的逮捕行動沒有停止，但王明義忍不住變裝回家一趟，不久他回來後帶來一個好消息，據說湯德章被捕前已經燒掉所有名冊，後來遭到酷刑逼供也沒有供出任何一個名字，所以當局應該沒有名單，而且十一日清查戶口時，他們都在家，如果當局拿到名單，一定會到家裡逮捕他們，但至今並沒有，所以他們應該可以回家了。

王明義和他的朋友離開後，妙子和慶太鬆了一口氣，但是緊張的情緒依然存在，此後每天清晨慶太第一件事就是看報，搜尋有沒有王明義和方俊介被捕的消息，確定沒有後，他這一天才能放心生活。

大約過了半年，慶太輾轉聽說王明義和方俊介相繼舉家離開台灣，遠渡日本定居，因為他們的友人仍陸續受到搜捕，他們懼怕和湯德章生前的交往終將引起當局的懷疑而遭逢不幸，他們終究選擇遠離家鄉避難。而慶太每天清晨閱報搜尋他們消息的這個習慣持續維持，長達二十多年沒有改變。

但是妙子似乎得了創傷症後群，她常做惡夢，她常夢到她被抓走關在監牢裡，千夏和阿明在牢外大哭，有時也會夢到大姑抱著阿駿，兩人都在哭，這樣的夢境竟然斷斷續續長達一二十年，當她的南二高女學妹丁窈窕和施水環被抓槍決的新聞刊出時，她的惡夢又多了自己被槍決的情節。[16]

一九四九年五月十九日台灣省政府主席兼警備總司令陳誠頒佈戒嚴令，台灣自此步入長達四十年的戒嚴和白色恐怖年代，此後台灣人民失去了出國旅行的自由，妙子和慶太曾經相約楓紅的季節再去日光旅遊，觀看伊羅哈坂多層次的艷麗秋景，一直沒有機會實現。

16 丁窈窕和施水環捲入「台南市委會郵電支部案」，最後於一九五六年七月二十四日，同時被槍決身亡，成為白色恐怖的受難者。

同年六月十五日台灣銀行發行新台幣，四萬元舊台幣只能換一元新台幣，台灣人蓄積幾代的財產突然加劇縮水，大家陷入普遍的貧窮中，妙子買房剩下的十幾萬元的銀行存款，一夕之間只能換成三塊多的新台幣，戰前原來可以買幾間房子的，現在只能買幾袋米糧。

當現金都快用完的時候，妙子決定重開診所營業，為了節省開支，不再聘用護士，只雇人打掃。但是營業之後妙子發現診所的生意奇差無比，不到先前的十分之一，原來當時除了領有新台幣薪水的軍公教人員外，沒什麼人付得起齒科的診療費，和高昂的藥品醫材費用。即使妙子非常儉省，診所的收入還是非常有限，甚至入不敷出。

而且許多病患牙痛得受不了，不得不來看牙，卻付不起診療費，妙子只能讓他們先賒賬欠債。但是藥品醫材用完後卻不能不再去購買補充，所以診所的經營一度陷入困境。到了沒有辦法的時候，妙子只好把慶太送她的那一條黃金項鏈拿去銀樓變賣，沒想到因為通膨的關係，又改用新台幣計價，黃金項鏈竟然賣到超乎預期的高價，讓妙子可以購買生活用品，也能補充藥品醫材，於是她的診所又可以繼續經營下去，他們又可以至少再撐個兩年節省安心的日子。妙子想如果日子再過不下去，她還有慶太送的鑽戒和珍珠耳環可以賣，覺得放心不少。

十三　憂鬱的蘇格拉底還是快樂的豬？

一九五〇年六月二十五日韓戰爆發之後，美國決定重新支持蔣氏政權對抗中國共產黨，所以從一九五一年開始長達十五年，台灣得到來自美國華府每年一億美元的經濟援助，幾乎就是台灣每年的全國總預算，因此拯救了台灣瀕臨崩潰的經濟。

慢慢地台灣經濟回穩，雖然白色恐怖的陰影依然籠罩全島，民生經濟已經慢慢復甦，妙子的診所又開始有了生氣，她的病患已經慢慢回流，先前欠她診療費的患者陸續出現還清欠款，診所的業務蒸蒸日上，妙子也請了新的護士幫忙。

有一天妙子在報紙上發現春枝的先生陳謙被判刑的消息，看起來是因為台灣郵務工會國語補習班老師計梅真、錢靜芝匪諜案的緣故。陳謙是慶太南二中高兩屆的學長，畢業後讀台南工業學校（成大前身），之後進入電信局工作，和春枝結婚後，不久就調往台北。據報載陳謙和三十餘名臺籍郵電員工因為參加了國語補習認識了計、錢兩位江蘇籍的老師，並涉嫌協助他們來台發展共產黨組織，為匪宣傳，計、錢兩位女老師已在一九五〇年十月槍決正法，三十餘名臺籍郵電員工也被判刑七至十五年不等。妙子看了大驚，慶太確認是春枝的先生無誤。

當天下午妙子特地到春枝娘家詢問春枝的消息，春枝的母親一見到妙子，便哭得一把眼淚一把鼻涕，妙子也不知道如何安慰她，春枝的母親說春枝現在人還在台北，若是回到台南，會告訴她妙子來找過她。

大約過了半年，一天下午，春枝出現在妙子的診所裡，人非常憔悴，她告訴妙子陳謙被判了七年刑期，原本關在台北，現在已經被移往火燒島，所以她留在台北也沒什麼用，而且小孩在學校因為父親是政治犯，常被老師校長口頭凌辱，過得很痛苦，錢也快用完了，所以就帶著小孩回來台南住在娘家，希望台南的學校對待她的小孩好一點。

春枝說陳謙真的是被冤枉的，他只是想學講北京話，就參加了補習班，整個補習班共三十多個學生，全都被判刑，聽說有人在補習班裡散發共產黨宣傳單，陳謙說他看都沒看過，可是怎麼講，當局都不信，找不到任何證據，但軍法處為了做業績，羅織罪名，硬被判了七年。

這半年來，春枝找工作到處碰壁，一有工作，管區警員就會去騷擾老闆，講她的壞話，讓她丟掉工作，現在，回到台南，看會不會好一點，她有四個小孩要養，老大是個男生已經十五歲，原在台北唸師院附中初中部三年級，其他三個都唸小學，現在全都轉學回台南。雖然春枝沒有明講，看起來她真的很缺錢。

妙子想了一個晚上，和慶太算了一下診所的收入和開支，翌日她去找春枝，問她有沒有意願當她的牙科助理。除了協助妙子日常醫療工作外，如果她對齒模製作技術有興趣，妙子願意教她，那是可以論件計酬的額外收入。春枝聽了非常高興，也非常感謝妙子幫助她解決了當前的經濟困境。妙子更是高興，好朋友又可以一起工作，妙子覺得很幸運。

當然管區警員照例必需來騷擾，他說：「春枝的先生是叛亂犯，他們一家人都在做危害國家的壞事，很危險的份子，你千萬不要用她，用了她，你會惹上麻煩。」

妙子聽了很生氣，幾乎要跟管區的吵起來。她問管區：「你認識她多久，我們是從小一起長大的朋友，你會比我了解她嗎？」

管區的倒沒有生氣，他說他的太太常在妙子診所看牙，所以他是認得妙子的。他跟妙子解釋當局對政治犯非常忌憚，要妙子和春枝低調點，不要對人講起陳謙的事。他又暗示如果有人密報，妙子本人也可能惹上麻煩。

妙子聽懂了，她火氣沒了，心裡直發毛。如果有人密報她，在她的診所偷放了一本紅書，栽贓她閱讀馬克思主義，隨便都是好幾年的刑期；如果連得上共黨組織，也可能只是虛構一個聯結，那麼無期徒刑甚至死刑都是可能的。

妙子安靜下來，她告訴管區春枝是她多年的好友，已經走投無路，她不得不幫忙，管區默默地看著她，妙子感覺恐怖。妙子鼓起勇氣謝謝管區的幫忙，並問候他的太太，然後保證他們一定會低調，最後管區一言不發地走了，妙子覺得背脊發涼。接下來好幾年妙子都要護士不時地檢查診所內所有角落，有沒有任何病患留下的物品，若是陌生的新病患，他們尤其警戒。

另外，妙子還叮嚀護士，如果管區的太太和家人來看牙，要特別通知她，她會讓他們插隊看牙而且完全不收費，後來妙子又帶著春枝年節到管區家送禮，只希望和管區的維持好關係，不要有麻煩。

春枝的小孩老二和老三的導師碰巧都是妙子的病患，所以妙子特地帶著春枝去老師家拜訪，當然她沒有提及陳謙政治犯的身份，只是單純拜託老師照顧新的學生，妙子心裡只希望在台北學校發生不愉快的經驗不會在新的學校發生。後來春枝的小孩求學路上沒有遭遇太大的困擾，妙子也覺得欣慰。

經過了三七五減租和耕者有其田的政策，慶太幾乎失去了姑丈留下來的所有的田產，只剩一些不值錢的魚塭地，沒有工作也沒田租可管，賦閒在家，慶太覺得自己很沒有用。妙子一直安慰他，讚美他非常聰明，他知道用舊台幣買下了他們住的三層樓房，還有她的鑽戒金飾，若不是那條黃金項鏈，他們早就活不下來了。

妙子突然領悟了某些道理，她告訴慶太，其實慶太是很聰明的，對財經政局反應敏銳，對法律也很有興趣，而且他的日文造詣很深，漢學也不差，當年他們日本留學時，明知慶太不喜歡齒科，也不適合唸，可是他們都太乖了，傻傻地硬撐，當時她不懂也不敢鼓勵慶太轉學讀財經或法律，白白浪費了他青春的光陰。慶太慢慢釋懷了，因為缺了半隻腳，也不方便出外工作，他就專心在家煮飯洗衣照顧小孩，變成專職的家庭主夫。

千夏上小學後，開始學中文，慶太也跟著一起學，他的漢學底子本來就很好，只是不會講北京話，他非常認真地學習，沒多久他的北京話就講得遠比妙子好。千夏上了三年級，數學變難了，開始教雞兔同籠，慶太因為小學唸了八年，南二中考了三次，所以他對小學數學非常熟悉，各種題型的解法都得心順手。他就在家教導千夏數學，千夏非常聰明，很快就變成老師眼中的數學天才，因此也有同學家長拜託慶太幫小孩補習數學，沒幾年口碑愈教愈好。慶太就在妙子診所的三樓開起了數學家教班，他常常吹噓他當年考南二中時數學考了滿分，當然這也是事實，就這樣慶太成了補教名師，而補習原是他一生中最痛恨的事，人生就是這樣，充滿了反諷。

一九五七年妙子陪著春枝去接陳謙出獄，陳謙出來的時候，他們幾乎都認不得他了，陳謙身體佝僂，髮毛稀疏，老態的可怕。妙子年輕時見過陳謙，那時和春枝才剛訂婚，長得非常帥，同學們都笑春枝，「婿尪歹照顧」，讓春枝不知該喜該憂。現在陳謙口中缺了很多牙，剩存的牙齒也蛀得差不多了，妙子幫他檢查後，決定拔掉他所有的牙，作整副假牙，所以他有一段很長的時間只能像沒有牙齒的嬰幼兒吃流質食物。他的左手有兩根指頭沒有指甲，扭曲變形得很恐怖。

陳謙戴上假牙後，臉龐豐滿好看多了，頭髮也長密了，看起來比出獄時年輕很多。但是陳謙還是很憂鬱，因為他出獄後一直找不到工作，即使找到新工作，管區的警察也會來騷擾，搞得老闆都不敢用他。他到處碰壁，過了半年多還是賦閑在家。慶太知道後便邀請他來慶太的家教班擔任初中物理和化學的老師。千夏升初二時，開始唸物理和化學，陳謙進入家裡的補習班給她的幫助很大，畢竟陳謙以前在南二中和成大讀書都不是隨便唸的。

台灣在一九六八年以前初中入學採單一的聯考筆試，高中聯考也是二〇〇〇年以前台灣學生進入高中的唯一方式，而大學聯招到了二〇〇一年才廢除，教育資源的不足讓學歷主義發展到了顛峯，主宰了台灣社會的主流思想。於是在二十世紀的下半頁，絕大多數台灣人曾經年輕的歲月中，學校和補習班是群體的共同記憶，名校和學歷也成為劃分社會階級重要的依據。

曾慶太和陳謙兩個男人，在遭受時代悲劇的打擊後，因緣際會能在補教業裡找到人生事業的第二個春天，也是因時代需求所賜，應屬極為幸運之事。有一天當教育資源供過於求時，在網路上學習就可以獲得任何知識和能力時，不知道將如何評價這個時代的人們為了求取高學歷所做的努力，是悲憫還是嘲弄？

陳謙在慶太的家教班工作後，管區的警察照例又要來一趟，還是上次同一個人，妙子認出他，很熱絡和他打招呼，他一看到妙子就不太多說話，僅問了幾句，作了紀錄。妙子倒是對他非常客氣，妙子說了保證他們一定會很低調，要請警方多多照顧這些場面話。妙子知道這些人他們惹不起，只希望不要再有麻煩。管區以後按時來查訪作記錄，陳謙出獄後又被監視了十多年。

成為名師以後，慶太和陳謙的收入遠遠超過妙子。慶太年輕時本沒什麼大志，只要有一份穩定的工作，他就心滿意足了，現在他人生最初的心願似乎已經實現了。開補習班十多年後慶太存了些錢開始夢想有一天能重建曾園，妙子比較實際，曾園的規模太巨大了，她估算當今的人工和建材上漲幅度都不是姑丈那個時代可以想像的，而且那時姑丈的田租收入和特許行業的利潤是很驚人的。她認為他們這輩子不可能存到可以重建的經費，她要慶太實際點，別做白日夢。另一方面，曾園是她傷心之地，大姑和阿駿喪生於此，慶太似乎已經走出傷痛，但她還沒有，所以她一直不願意去處理那一塊廢地。

陳謙比較保守，他的小孩比較大也比較多，他出獄時，老大已經唸了大學三年級，對他在小孩的生命中長達七年的缺席，他感覺虧欠，所以很認真的存錢供應每個小孩出國留學的費用。他絕少提及獄中生活，但從他身體受創的狀況可以猜測他受過不人道的刑求。知道那一段過去是他無法痊癒的傷口，沒有人敢開口問他關於那段悲慘的經歷。

只有一次當春枝夫婦在診所二樓的妙子家和妙子夫婦聚餐時，突然看到一隻老鼠從二樓大門的門縫鑽進來爬過地板，把兩位女士嚇到尖叫不已，陳謙才提到在綠島睡鋪上曾見過多少老鼠，他說：「老鼠根本是小事一件，再多也不怕，如果你知道監獄中有多少恐怖的刑求，你就會覺得只是和老鼠住在一起，其實是很幸福的生活。」

他隨便列舉了二十多種刑求，包括針刺指甲縫、虎頭鉗拔指甲、筆夾手指、拔牙齒、蹲木幹、灌辣椒水、灌汽油、入冰室、綑打、吊打、背寶劍、坐飛機、坐老虎凳、螞蟻上樹、水刑、火刑、通電、電療、強光燈照射、熨斗燙背、塞石灰、灌尿、吃狗屎以及對生殖器用刑，每一種都駭人聽聞，妙子聽得心裡發毛，牙齒顫抖。[17]

那晚他傾吐了蓄積十多年來的苦悶，終究他不願說明他到底曾遭受過多少酷刑，但他說他知道確實有一位獄友曾親身經歷上述所有的刑求，可惜最終沒有挺過，死在獄中。在獄中死亡的政治犯通常被記錄為病死，甚至畏罪自殺，在獄中人命有如螻蟻，毫

---

17 「蹲木幹」是以尖木直刺肛門。

「背寶劍」，即將兩隻手掌用手銬鍊掛在背後成一直線，後遺症是兩臂終身殘疾。

「坐飛機」是將手腳四肢反綁一起，吊在木棍上，再由兩人抬之遊牢示眾。抬的時候還要故意搖晃，受刑人震下來後很容易因此殘廢斷肢。

「老虎凳」是一種古代流傳至今的虐刑工具，帶有腳鐐和手銬的椅子，能將受虐者的身體長期固定於多種痛苦的姿勢，可以導致死亡或是肢體終身殘疾。

「螞蟻上樹」是將受刑人全身塗蜜或糖水，讓螞蟻大軍螫咬得又癢又痛，幾欲發狂。

「水刑」是將受刑人灌飽水後，使之窒息外，再用大石頭壓肚子，使人上吐下瀉、屎尿齊流。

「火刑」是用香菸燙整臉，或者用燒紅的鐵片炮烙胸前皮膚，讓皮膚整層剝開。

無價值。他還恨恨地說他是運好，七年就出來，有人莫名其妙在出獄前又被追加了十年刑期，完全不經過審判，還有人被蔣中正這個屠夫將法官判的十年刑期逕改為死刑。

陳謙又說：「我在獄中，我最擔心的是我熬不過，死亡其實不是最可怕的，我最怕我會瘋掉。我看過被折磨到變瘋的人，不出獄還好，出獄後，不僅犯人被毀了，他的家人也一起被毀了。你們想一個原本就被社會歧視的家庭，家裡原本的經濟支柱變成瘋子，這一家如何能不陷入絕境？」

妙子和春枝聽著聽著就淚流不止，妙子不能想像有什麼人可以對待自己的同類殘忍到這種地步，這還算人嗎？

即使到了一九六〇年代，政治氛圍比較沒有那麼肅殺，但是妙子總覺得紛擾一直沒有結束，和平似乎還很遙遠，因為中國共產黨一直不斷地恐嚇威脅血洗台灣，令人恐懼，也因為台灣的國民黨政府信誓旦旦要反攻大陸，兩岸戰爭似乎隨時準備開打。「匪諜就在你身邊」宣傳的耳語不斷，千夏和阿明從學校常帶回學校老師宣傳的政治匪情資訊，聽得妙子心裡常常陰霾許久。

讀小學和中學的時候，很愛畫畫的阿明常常被學校指派參加「保密防諜」的繪畫比賽，千夏也常被要求參加「保密防諜」的作文比賽，看到他們困惑的樣子，這都讓妙子和慶太很頭痛，不知道如何解答。不過最終學校的老師總會給一些似是而非的樣板答案讓他們仿效。多年以後，長大後的千夏、阿明和妙子談起這樣畸型的政治洗腦教育，也都覺得不可思議。

妙子最不能適應的是戰後國家敵人從美中盟國立刻變成中國共產黨和蘇聯，這種政治正確論述的轉變非常突兀。尤其公共空間被各種教條式的政治口號標語充塞填滿，千夏和阿明的教科書中充斥著忠黨愛國、反攻大陸的思想教育，妙子雖然很不以為然，但也是無能為力，只能壓抑自己的反感，小心翼翼不惹麻煩。

慶太年紀愈大反而變得比較寬容而且實際，甚至變成一個樂觀主義者，也許他本來天生就是很樂觀的人。他反而安慰妙子現今時代已經不算太差。因為人類的歷史長期都是君主獨裁政權，奴隸制度也是長久存在，苦難一直到處蟄伏，但是人類還是存活下來了，時代還是會不斷地往前行，科技和理論思想一定會繼續發展，文明還是會持續進化。

慶太說：「相較之下，現今沒有太差，至少我們不是奴隸，我們的社會禁止奴隸制度，法律上明文禁止人口買賣，保障基本人權，雖然到現在這種違反人權的罪行仍然存在社會某些陰暗角落，包括刑虐政治犯和娼妓買賣，但是只要法律上保障人權，有一天這類犯罪就有機會滅絕，畢竟這些都是違反法律的。」

他樂觀地說：「人類還是有一天會進入一個人人比較自由平等的世界。」接著又說：「想到小時候我們家還買過丫頭，現在都覺得汗顏。」

妙子想起自己小時候，被教導禮讚天皇，歌頌日本皇族，不也是一樣，那時她沒有覺得憂煩，天真地接受學校所有的說法，也過得很快樂。現在她的孩子也是，他們也不知道恐懼，也相信學校所教的蔣總統是「民族的救星，時代的舵手，世界的偉人」這類神話。妙子還是遺憾一直生活在充滿謊言的世界，小時候和現在都是，可是她卻無力掙脫。

妙子也常覺得愈有獨立思考批判能力的人愈容易感到痛苦，愈對自己的無能處理世間的苦難愈感失落，其實她也不願意她的孩子受到這種痛苦，有時候她甚至希望他們保持無知的快樂，就像她小時候一樣。

她想起英國哲學家彌爾（John Stuart Mill）一段關於幸福哲學的論述，彌爾曾說：「寧做不滿足的人類，不做滿足快樂的豬；寧做不滿足的蘇格拉底，也不做滿足的蠢人。」[18] 彌爾是那麼堅決，寧可痛苦不滿，也不願愚蠢而快樂。彌爾那麼地理想浪漫，

---

[18] John Stuart Mill (1806-1873)，見*Utilitarianism*《功利主義》一書（Project Gutenberg online edition）. [2015-05-13]

也許是他的時代社會沒有那麼極端的恐怖統治，他也不曾經驗過錐心蝕骨的恐懼，因此他有勇氣去享受不滿的痛苦。

妙子當然不願意千夏、阿明是個蠢人，甚至是隻快樂的豬，但是當前時局令人窒息苦悶，難道就要他們像她一樣，長大必得陷入理性思考的苦痛，無能改變現狀的不滿和無力感。還是一開始就決定做一個蠢人，一隻快樂的豬好呢？妙子很傷感，也很困惑。

思索得很疲累的時候，妙子只好放棄了哲學的思想論辯，全心全意躲藏在她繁重的工作中，藉由忙碌的工作麻痺自己，藉由幫助病患解除病痛來證明自己存在的意義。

最後妙子漸漸釋懷了，她對世界終於抱持著比較樂觀的態度，雖然無法像慶太生性那般樂觀，妙子終於不再苦惱。她認為謊言終究不可能持久，她相信她的孩子會像她一樣，在不遠的將來終會有獨立思辯的能力，不會是個蠢人，更不會是快樂的豬。妙子終於接受彌爾幸福的理論，做一個不滿的人，懂得知性的痛苦才算是個真正幸福的人。

十四　斜陽向晚的人生行路

雖然有諸多遺憾，生活還是充滿很多小小的快樂，一九六八年紅葉少棒帶起的一九七〇年代的台灣少棒熱，喚起慶太的兒時記憶和熱情，雖然離年少打野球的時代已經久遠，慶太仍會憶起曾經在球場上瘋狂歡樂的滋味，只遺憾自己無法帶著阿明打球，無能再次展現曾在球場上揮棒的英姿。

千夏和阿明長大了，也都很順利考上大學，正巧趕上「來來來，來台大；去去去，去美國」的風潮。妙子和慶太都大力鼓勵他們畢業後去美國留學，部分是因為當年台灣威權的政治環境下，妙子很擔心他們隨時可能不小心變成思想犯，像陳謙一樣莫名其妙地被關入監牢；另外也是擔憂中國共產黨武統台灣，雖然台灣也不民主，但共產政權不時瘋狂的政治運動，文革清洗鬥爭更令人恐懼。戰爭本身其實不是妙子所懼怕的，妙子真正害怕的是國民黨軍隊萬一不敵，台灣會像中國大陸一樣被關進鐵幕，台灣人會失去了所有的自由。

當年旅遊禁令下，對於一般台灣居民，出國移民的機會只剩下留學為唯一管道，而且美國正處二十世紀的強盛時期，是科技文明、經濟社福最進步的國家，吸引全世界的菁英群集。雖然不捨子女離開身邊，為了他們的前途和安全，妙子和慶太都毅然主張他們畢業後留學美國。

千夏和阿明果然非常爭氣，大學畢業後都申請到美國大學研究所的獎學金而出國留學，後來也分別在美國工作、定居、結婚、生子。遺憾的是妙子和慶太礙於出國禁令而無法親自見證孩子們在美國每一個人生階段的過程，但是光看到照片，他們還是非常開心，可以高興很久。

慶太終於放棄了重建曾園的計劃，他將土地租給汽車公司作修理廠和新車展示館。他決定重新整修靜子賣給他們在成大附近的房子，主要是因為那個房子有個不小的院子，共有八十多坪土地，有一株很老的瓊崖海棠和多株大桂花樹，很多年沒理會，依舊長得繁密茂盛，這是慶太喜歡的景緻。但是屋子很小，原是木造兩層樓的純和式建築，基地只佔約二十坪的土地，慶太每天和年輕的建築師研究如何將它加大加寬，並用水泥鋼筋加強結構。慶太忙得非常開心，他將所有的創造力都投注在房屋的改造和花園的設計上，他可以想像當年自己的父親興建曾園時興奮愉悅的心情。

因為慶太一直很喜歡日本神社和宮殿建築，妙子一度很擔心慶太會把房子蓋得像神社，還好最後還是改建為外觀相當西式的住宅，原來的建築被包裹在裡面，原始的木頭大多已被換成鋼筋水泥結構，紙窗的拉門已被改成隔間，或者完全移除變成開放空間。只是架高的木頭地板、低矮的窗台保留日式建築風格。妙子不得不佩服這位剛畢業的建築師，願意耐心地和慶太處理他那些天馬行空的想法。

一九七五年蔣中正死亡。慶太在這一年開始裝上義肢行走，傳統的義肢設計都在殘肢上套上一個「承桶」，然後將木頭義肢接在下面，接頭部分和聯結器都是鋼材，行動上極為沉重不便。慶太新裝的義肢已經輕量化，膝蓋和中空的下部一體化，腳部是液壓、空壓、彈簧伸展輔助裝置組成，可以直接和膝蓋相連。雖然走路仍然不是很平順，但已經可以不用手杖，比較不疼痛，行動自由多了，人看起來也挺立多了。

過了幾年，慶太又換了新義肢，義肢材質已由鋁合金改為碳纖維，更為輕盈，又因為新的人工膝關節和腳部控制的功能大幅度增加，行動更為便利。慶太生性樂觀，義肢改善他的行動和生活方式，也讓他心胸更加闊達。他對妙子說，義肢讓他深深覺得活著真好，能見證科技日新月異的進步，也不枉此生。

有一天，慶太早晨看報看到一個關於彰化銀行執行新業務的消息，趕緊指給妙子看，原來翔平轉職彰化銀行，而且已經當上彰化銀行的總經理。

妙子讀完報後，慶太看著她笑著說：「沒嫁給他，有後悔嗎？」

妙子拿著報紙重重敲了慶太的頭說：「人生沒有什麼好後悔的。」然後又鄭重地說：「又沒做錯什麼，為什麼要後悔。」

慶太笑笑也為之語塞。

一九七六年，慶太六十五歲時結束了補教業務，雖然他的補習班發展正在顛峯狀態，結束有點可惜，但人生畢竟還有很多更重要的事等待著他。他在成大附近的新居已經蓋好了，他非常滿意。房子已經變大成佔地三十坪的兩層樓住宅，擴建的部分是面對前院的客廳，從一樓的大窗戶在客廳裡就可以看到前院瓊崖海棠丰姿綽約的身影和他種植的美麗花朵，他和妙子搬過去住後，慶太每天整理庭院，蒔花除草，非常忙碌，也非常寫意。

妙子最愛那幾株長得頗高大的老桂花樹，枝葉並不特別青翠嫩綠反而常常呈現枯乾老態，但一到了秋季夜裡，又是那一陣陣熟悉的濃郁花香，讓她產生彷若身在曾園的錯覺，甚至憶起更小的時候在阿娘的娘家，彷彿她這一生繞了一大圈，又回到了最初桂花的香氣，兒時阿娘的懷抱中。

慶太和妙子搬到新家後，妙子診所添購了一個新的診療台，也聘了一個年輕的牙醫師幫忙，妙子的工作慢慢移交給他，自己過著半退休的生活，和慶太不時在台灣各地作短期的旅遊。

不久，千夏和阿明因為都入了美國籍，終於可以自由地出入台灣，所以就約好帶他們的家人同時回來看望父母。女婿、媳婦、三個孫子、兩個孫女都是頭一次見面，一家終於團圓，雖然相聚的時間短暫，只有一個多星期，又讓慶太和妙子開心了很久。

一九七九年台灣終於開放人民出國觀光，一九八〇年八月妙子正式退休，年輕的牙醫師接手她所有的業務，也買下那間三層樓的店面。妙子和慶太覺得非常幸運，終於活到這一天，可以重遊日本，所以他們計劃作一趟為期一個多月的旅行，除了行程規劃外，妙子從年初就在冰箱冷凍了不少烏魚子，準備到日本時送給日本友人。那一年妙子已經六十七歲，慶太六十九歲。

到了十一月他們才開始了這趟旅行，因為這正是紅葉的季節，他們打算重遊年輕時走過的城市。當然這次已不再搭船，當時因為台日斷交而停飛的華航，又開始復飛台北東京線，所以他們這次坐華航到羽田機場，只花了四個多小時，而半個世紀前他們坐船要花四天到神戶，再坐半天火車才能到達東京。

他們一到了羽田機場，四十五年不見的寬子和她的先生英一郎已經在機場等待他們。

寬子夫婦依然住在文京區的老地址，但房子早在二十多年前就翻修改建成三層樓的洋式住宅，明亮舒適，小小的庭院也整理得非常雅緻。慶太以前唸的東京齒科醫學專門學校已經改制為東京齒科大學，英一郎從東齒畢業後，進入東大齒科附屬醫院工作，五年前從東大退休後，英一郎回到東齒大學擔任兼任教授至今。而寬子畢業後則一直在私人齒科診所工作，五年前才從職場退休。

不久，裕美也來了，其實她就住這附近，畢業後，她在東京醫科齒科大學齒學部附屬醫院工作，十年前退休，她一直未婚單身，現在常和寬子一起旅遊，一起上課學做工藝製品。

比較遺憾的是美娜已經走了，戰後她曾一度回去北京，後來又回到東京，結婚不久就因病去世。

他們還告訴妙子他們以前唸的學校已經改為「東洋女子短期大學」，以培訓英語科教師為目標，和以前的學校已經完全不同了。主要是因為後來所有的大學齒科系所都開始招收女生，所以專收女子的齒科學校就招不到學生了，妙子聽了後唏噓不已。

他們在東京住寬子家數天後，就參加寬子幫他們報名日本當地的旅行團，作了三個星期的奧之細道的旅遊，從東京出發，第一站就是日光，他們終於完成楓紅季節旅遊伊羅哈坂的心願，也在中禪寺湖邊用自己的相機留下夫妻儷影，和四十六前同一地點金谷飯店的司機為他們照的相片相較，昔時一對年輕嬌美的金童玉女，如今已經變成一對鶴髮老人，時光走過的痕跡清楚明白地刻在身上。

接下來旅行團跟隨著元祿時代俳人松尾芭蕉三百多年前的步跡，帶他們行到須賀川、仙台、松島、一關市、平泉、尾花沢、山寺、鶴岡、酒田、新潟、出雲崎、金沢等地，最後到達大垣，一路看盡巨山奇石，雪瀑奔溪，城池古剎，楓紅遍野，美不勝收。

結束跟團的旅遊，接著妙子和慶太自行去了京都一星期，然後再訪神戶、大阪、名古屋、靜岡、最後回東京乘坐飛機回到台灣。兩個年近七十歲的老人，尤其慶太還撐著義肢，終於完成半世紀來的心願，將年輕走過路再走一遍，兩人彷彿又重回年輕時的新婚歲月，慶太非常喜悅振奮，他實在太愛旅行了。

五十年來世界變化很大，日本也改變很多，交通變得迅捷又方便，妙子面對變化有時覺得興奮新奇，但也有傷感的時候，例如東京曾經讓他們驚艷的帝國大飯店，如羅馬宮殿般的雄偉建築已經被拆除，改建後的新建築經濟效益可能好很多，但看不出什麼特色。

又如京都車站第二代木製文藝復興風格優雅的車站大樓，據說在昭和二十五年（一九五〇年）十一月間某天凌晨火災中被燒燬，幾個小時內化為灰燼。兩年後匆匆蓋好的是鋼筋混凝土建造的，有八層高塔樓的第三代車站，非常單調無趣。妙子只能感嘆世界上沒有什麼能夠永恆，尤其是美麗的，總是不能長久。

翌年慶太和妙子去了美國探望千夏和阿明，接下來幾年又旅行歐洲不同的國家。後來為了慶太東齒的同學會他們再去一趟東京，同學會結束後，他們接著參加當地旅行團去了一趟北海道，只遺憾蒼已經不在，同學說十多年前蒼因車禍過世，妙子想和洋子聯絡，感謝她那年開車帶他們去札幌旅行，但是熟悉蒼的同學說蒼後來娶的太太並不是洋子。

老年的生活似乎過得特別快，他們每年訂有不同的旅遊計劃，懷抱著不同的盼望和期待，可是每每好像才結束一趟旅行，下一趟的旅遊又開始了。

時間飛逝，台灣的政情社會變化也明顯可見，一九八六年民進黨，台灣第一個有效的民主政黨成立，終於開始了兩黨民主政治，一九八七年七月十五日長達四十年的戒嚴令終於解除。就在這年初秋，去國四十年的友人王明義帶著他的妻子美月特地回來拜訪慶太夫婦，這是他們自一九四七年離開台灣後首度再次踏上故土。

王明義花白稀疏的頭髮和佝僂清瘦的身軀，慶太起初完全認不得，妙子倒是一眼就能認出，他們隨之談起二二八事件後王明義曾躲藏在妙子診所三樓的黯黑往事，這是慶太和妙子保守了四十年不曾對人提及的祕密。四人見面敘舊感慨無限，慶太和妙子除了感到十分震撼外，也非常驚喜欣慰。妙子很高興王明義和方俊介最終安然無恙逃離台灣，終於她所有的恐懼焦慮在此刻獲得滌洗清除。

王明義告訴他們這些年他在東京創業，現在已擁有數家餐廳和旅館，兒孫都已歸化日籍，而且各有專業。最後王明義提到方俊介，他嘆了口氣說：「最遺憾的是俊介無法和我們一起回到他最愛的故鄉。我們去東京後一直是事業上的好夥伴，在異鄉我們兩家相互扶持，這些年俊介數度想要回台灣，卻因為上榜黑名單而拿不到台灣簽證。俊介終於在數年前因病抱憾過世，所以這次我回來，還先去俊介的父母墳前代他上香祭拜。」

說著說著王明義摘下眼鏡，一邊擦拭眼角的淚滴和鏡片上的白色霧氣，一邊說：「俊介的父母過世時，俊介拿不到台灣簽證，所以無法回台奔喪，這是俊介這輩子最痛苦的事。」一時代的悲劇觸痛了四個老人的內心，讓四人都感傷不已。

一九九六年妙子和慶太見證了台海危機和台灣首度總統民選，台灣正式進入民主政黨年代。慶太對台灣的選舉非常狂熱，比年輕時對議會請願活動更加激情，妙子似乎完全忘記了姑丈的教誨，也許是因為解嚴後參與政治已經變得不再危險。再者，大家都年紀老大，來日無多，已到了生無可戀，戀無可懼的境地。妙子已經完全放任慶太跟著陳謙參加一場又一場的選舉造勢大會，他們慷慨捐款購買各種選舉紀念品，妙子和春枝也和他們一起參加募款餐會。對這群八十多歲的老人，終於看到畢生期待的民主盛會，只有滿心感動。

妙子和慶太退休後養成了每天早晨到鄰近的公園散步的習慣，陳謙和春枝也常在公園和他們碰面，一起練拳作操健走，然後再一起去吃早餐買菜，開始一天的生活，於是早上的晨會變成他們老年生活中的重要功課。

終於這些老兵逐漸凋零，陳謙是他們中最早離世的，慶太也因為穿戴義肢愈來愈感疼痛而漸漸改坐輪椅，不過他仍堅持每天早上陪妙子和春枝到公園晨運。有一年冬天特別寒冷，有好一陣子妙子和慶太不出門晨運，突然有天早晨接到春枝女兒的電話，告知他們春枝已在前一天夜裡過世。

等次年春天來到時，他們又在公園作晨遊的時候，發現看到的鄰居和朋友愈來愈少，妙子突然意識到同輩朋友依然在世的已經所剩不多了。因為每一個冬天過後，總會聽說某些認識的老人上了天堂或是去了西天，慢慢地，他們變成公園裡最年老的長者了。

一九九七年夏天，千夏和夫婿一同回到台灣任教於位在台北的某大學，他們此次回來就有打算在台灣終老的計劃，妙子和慶太非常高興，沒有想到老年還有子女相伴，雖然不住在同一個城市，但終究都在台灣，南北相距也只是三四個小時的車程。千夏夫婦每個月都會回台南看他們，一起去吃台南各種小吃，讓妙子和慶太非常欣慰。

一九九八年冬天慶太突然在家中得了腦溢血，妙子叫了救護車送醫，但到醫院前慶太就走了，快得讓妙子措手不及。慶太走後不久，妙子在哀傷中發現自己早已得了胃癌，原來只有噁心、腹痛、消化不良的症狀，後來變得沒什麼食慾，體重愈來愈輕，嘔吐和腹痛也愈來愈嚴重。

一九九九年底慶太忌日當晚，妙子和千夏通了電話，千夏一直設法說服她上台北和他們住一起，但妙子說什麼都不願意，而且她避談她病情惡化的發展，她要千夏放心，她說她在這裡過得很好，她依舊行動自如，有事會找醫生。

掛了電話後，妙子換上了一件她最愛的冬天洋裝，把寫好的信留在桌上，喝了水將醫師開的嗎啡止痛劑和二十多顆悠樂丁一起吞下。然後妙子躺在床上，蓋上棉被，天氣真的有點冷。她突然記起左拉的小說《小酒店》女主角潔爾維絲（Gervaise）說過的話，大意是說：「人人都想最後死在自己的床上，勞苦一生後，能死在自己的家，自己的床上是一件很幸福的事。」此刻妙子覺得自己很幸福。藥效發作下，妙子很快地進入了永恆的睡眠。

兩天後千夏在妙子的書桌上，看到一只形似鶴鳥的老舊木刻下壓著一張信紙，千夏流著淚拿起信讀，信上是這麼寫的：

千夏、阿明：

媽走了，這已經計劃很久了，我是很歡喜地向恁告別，我想去找恁爸爸，我太思念他了。

我最近身體的病痛愈來愈嚴重，我覺得我不應該受到這麼多的痛苦，所以我吃了藥。感謝這些藥可以解除我的痛苦，讓我及早到達彼岸，和慶太相會。

千夏，我已經八十六歲，如果我的死亡沒有人懷疑，你就告訴他們我在眠睡中走的，不用提及我吃藥的事，也不用把信給其他人看，只要給阿明看就可以了。

我這一輩子過得很幸福滿足，因為有恁爸爸，有千夏和阿明，後來恁又給了我五個孫子女，這一生我沒有任何遺憾。好好保重，祝福恁大家。

媽妙子

後記

騷動的大時代，如同大海，不停歇地捲起浪濤，風起雲湧時，翻滾怒拍上岸，即使風和日麗的日子，平和無波如鏡的水面下依然暗流不止。如浪花暗流的渺小人生，奔騰無悔，直到碎裂成萬千水滴。人生究竟是一場什麼樣的戲劇，從起始到終結，也許曾經高潮迭起，也許平淡無奇，最後一切終將歸於虛無，一如浪花的碎裂，無悔無怨。

出版前的獨白

很長一段時間，沒有再寫過小說，甚至連認真思索片刻都不曾。偶一回首，才驚覺上一次從事小說寫作已經是二十五年前的往事了，人生最華麗豐美的時刻就在這案牘勞形，行色倥傯的歲月中悄然飄過。談不上遺憾，也沒有任何悔恨，只是另一種生命經驗，以不同的形式歷鍊人生。

小說寫作與文學批評和語言教學是心境的兩個極端。曾經熱情莊重地站在講台上的這些年，總是懷著虔敬如宗教信仰般的情緒，兢兢切切，以智慧的傳播者為期待標竿，奮力閱讀西方的文學作品和理論，解析不同時代情境的人生故事，知性嚴肅地比較不同文本中的社會政治經濟結構，純粹理性地檢視批評作者的文化視野和價值觀點……。無論如何，閱讀與教學本是充滿喜樂與感動的體驗，雖然往往筋疲力竭，學者生活卻一直非常豐碩自足，從不覺得有所殘缺。

偶然地童年時嚮往成為作家的初心在退休平靜的生活中突然被喚醒，小時候看了電影後，或是讀了小說，總愛將自己幻入劇中情境而沈浸在想像衍生的新情節裡，這樣日夢的習慣在安逸慵懶的生活步調中又再度重現，於是隔了四分之一個世紀後，這一次不在案前執筆，而是沙發上，抱著iPad，我重新開始小說的遐思與創作。

小說寫作是想像的奔馳，感覺的流洩，和情緒的滌洗，而過程中往往沈溺於小說的情境中不能自拔。寫作的快樂就在於放縱自我於虛擬的時空中徜徉奔馳，行進於不可能存在的生命旅程，為虛構的情愛離合而魂牽神繫，甚至潸然心傷，但也享受偷窺另一個人生的隱私祕密而不會在現實世界裡犯罪。

寫作《奔騰無悔》長達一年，原來只是模糊的身影偶而在腦海中顯現，慢慢地一切愈來愈清晰，後來很長的一段時間，彷彿就是妙子或是慶太或是某個角色本身。有如隨之生活在泛黃古老的年月，擬想過往時代的氛圍，認真地思索浸淫於角色人生的每一個困境和抉擇，感受其生命中的悲傷和歡喜，一切都那麼真實深刻，而且令人迷戀，這是非常奇妙動人的經驗。甚至不時會陷入莊周夢蝶的窘境，寧願沈醉不醒。

最後故事終究到了無可發展的地步，我的故事隨著主人翁的死亡而必須結束，終於不得不從一喧囂蜩沸的長夢中清醒，回到另一個吵雜紛擾的紅塵俗世」。奈波爾（V. S. Naipaul）在他的小說《浮生半世》（Half a Life）曾對小說創作闡釋看法，他說：「小說各自有它自己的命運，它將以你無法預測的方式存活下來。」只能說，很高興完成了一個心願，有如送一個成年的孩子出門，我將會懷念這一段與之相伴，孕育其成長的時光，這一段想像構思創造的過程，讓向晚的人生充滿滋味。

小說出版要感謝很多人，首先是雪蘭和壁梅最初的關懷，當故事才剛萌芽成形，便積極鼓勵我勇敢織夢，壁梅和則祥協助我日文資料的收集，雪蘭閱讀最早不成熟的文字，給了我寶貴的修改意見。然後要謝謝雅惠，提供了牙醫有關的專業知識，並幫我校正相關文字；謝謝艾玲公忙之餘幫我校正獨白；感恩斐玫和玉英在全文二校時仔細地為我找出許多積習已久的錯別字。還要感謝為我提供推薦文稿的作家學者朋友和為小說封面繪圖設計的Sherwood，最後感謝維明不時地幫我校稿，忍受我經常失魂落魄的情緒。感恩之情，真的無以言表。

國家圖書館出版品預行編目

奔騰無悔：妙子の人生行路 / 沈乃慧著. -- 臺北市：致出版, 2023.09
面；　公分
ISBN 978-986-5573-64-5(平裝)

863.57　　112012368

奔騰無悔：
妙子の人生行路

作　　者／沈乃慧
出版策劃／致出版
製作銷售／秀威資訊科技股份有限公司
114 台北市內湖區瑞光路76巷69號2樓
電話：+886-2-2796-3638
傳真：+886-2-2796-1377
網路訂購／秀威書店：https://store.showwe.tw
博客來網路書店：https://www.books.com.tw
三民網路書店：https://www.m.sanmin.com.tw
讀冊生活：https://www.taaze.tw
電 子 書／博客來電子書：https://www.books.com.tw/web/ebook
樂天Kobo：https://www.kobo.com/
Readmoo讀墨：https://readmoo.com/
Google Play圖書：https://play.google.com/store/books

出版日期／2023年9月　　**定價**／300元

致出版　　向出版者致敬